七十路の修羅《ななそじのしゅら》

中澤正夫

萌文社

はじめに

この本は「七十路《ななそじ》をゆく」シリーズ・その2である。その1は、前著『「…」でないと歳をとった意味がない』である。内容は、死に向かって歩み続ける老人の「旅日記」である。人間、七十路を越えれば、放っておいても諸「欲」が薄れ、仏とは言わないがもう少し「悟り」もどきへ近づくと思っていたが、相変わらず修羅の「のたうち」から逃れられない。多分死ぬまで修羅はついてまわるのだろうなぁと思う。

お読みいただけるとわかるが、この4月私は死に直面した。旅先で、心筋梗塞を起こしたのである。まさに運よく「いのちを拾ってもらった」のである。どんなに危機的だったかは、これでも医者だからよくわかる。それ以後の闘病とリハビリの日々は、これまでの「老いの道行き」とまったく違うものになった。

それまで、老いの旅は結構楽しいと思っていた。病気で倒れた後も、その考えは変わらないし、それなりに楽しいのであるが、「仕舞い支度」を具体化し始めたのである。この本の出版もその一つであるが、他にも晩年の業績集や講演集の出版計画を立てている。近く、故郷の菩提寺と自分の葬儀の打ち合わせに行くつもりである。何時死んでもいいように備える…「生き急ぎ」に拍車がかかっているのである。

一方、闘病やリハビリは主治医の要求を超過達成する勢いで進めている。食事療法一つとっても、我ながらストイックだなー…とあきれている。減塩・粗食、体重も見事に落ち、高校生時代の水準である。したり顔をしながら、やっている事からみると、すさまじい「生」への執着振り、「生き欲」の塊なのである。矛盾しているなーと思う。人間って「矛盾しているから、人間なのだ」から、まあいいか！と思っている。

病気を機に仕事（診療日）を減らしたので、ひまができた。ひまができたら、やろうと予定していたあれこれは、想定していたとおり何も進まなかった。ひまができるとひまに合わせ、それなりに日々が流れてゆく…ということは、これまでの診療や相談の中で嫌というほど見てきた。「やりたいこと」は、仕事が一番忙しいときにやれるのである。時間の問題ではなく、自分のテンションの問題だからであろう。

我々、仕事人間は、駆動力を仕事の中からしか得られないといってもいいと思う。診療日には私の頭は、生き生きと動き、いろいろなアイデアが浮かぶ。休みの日々は、いつのまにか頭がフリーズしているのである。もっと患者さんを診たい！…のだから典型的な仕事中毒症ともいえるし、自分は「患者さんによって生かされているのだ」ともいえる。このフレーズ、キザだなあ…とずーっと思ってきたがここへ来て、「ウーン、なるほどな…」なのである。

七十路をかくのごとく、呻いてのぼりながら、世の中をどう見ているか？というと「怒っている」「あきれている」「嘆いている」、でも「この先を見てみたい」である。

「怒っている」はマニフェストに掲げたことが政権交代しても実現しないことである。基地問題や景気対策もそうだが、障害者・高齢者対策、具体的には後期高齢者医療制度も障害者自立支援法も投げ出されたまま、揚げ足取りに終始する政局である。「(自分が）政治に参加する」とは「投票行動で終わってはならない、公約の実現を迫る日常的な運動にまで参加すること」である。ようやく日本人もそこまで気がついた…と考えれば救いでもある。

「あきれている」は、人類の生産活動や文化的発展が地球温暖化を招き、生物多様性を破壊し、地球という惑星をダメにし自分の首を絞めていることがわかっていながら、国益にこだわり、国境を争い、核などの破壊兵器で我欲を通そうとしていることである。超俗的で空虚な評論と自分でも思うが、地球的な話し合いはもう待ったなし！　いまからではおそいくらいなのである。だから、人ってあまり賢くないなぁ、賢くもならないなぁ！と「嘆いてみたくなる」のである。

でも「この先どうなるか」見たい！のである。

人の心には、神と悪魔、善・悪が同居しているかどうかは議論が分かれるところだが、「好奇心」が坐り続けていることは確かである。老いても同じである。「好奇心」はますます強くなるといっていい。「好奇心」がある間は生きている。それを失ったときが「死」である。読者には私の「好奇心」に付き合ってもらう仕掛けになっている。それがこの本である。虫のいいハナシだと思っている。

2010年　暮れ

七十路の修羅（ななそじのしゅら）――目次

はじめに　3

Ⅰ．コスタリカの風　11

コスタリカの風　13
「アレ、これ、」ばかりで名詞が出ない　17
同窓会、あるいは不義理一掃の旅　21
セツコ　26
岩国にて　31
机のこと　34
「四月一日」・不連続線通過、桜も夫婦も大揺れ　37

Ⅱ．永平寺の晩鐘　43

永平寺の晩鐘　45
栗の花と口内炎　49
地すべり的勝利のもつ「危うさ」　54
寒さの夏はオロオロ歩き…　57
マリーゴールドの花—泰阜村訪問記　61
野分立ち…何も残らず　66
柿をもぐ　70

Ⅲ. 金木犀の一年　75

土曜外来・あるいは金木犀の香り　77
有効期限切れを知る　80
夢の中の夢と本当の「夢」　84
ネコの次　88
クワガタの夏　92
老医たちのクラス会　96
恋人って何？　100
ああ、誕生日　104

Ⅳ. 逝きし人と残りし人　107

南無観世音菩薩　109
再び、死について――七十路の修羅　122

Ⅴ. 冬のパンセ　147

冬のパンセ…現存在の変容　149
障害者の闘い――闘いが歴史を拓く　153
小諸なる古城のほとり　157
家にいると別な世界が見える　162
ワールドカップに「未来」を見た　167

昭和八十五年八月十五日 171
精神科の診察室…は誰のもの？ 177
白衣について考える 181
「あきなしや…」――終わりにかえて 185

●イラスト・書――外村節子

I. コスタリカの風

コスタリカの風

コスタリカの風

周りにコスタリカ・フリークがたくさんいるので、コスタリカのことは大体知っていた。それなのに昨年秋から、コスタリカ行きを決めていたのは、息苦しかったからである。

ひまがあると明日、明後日に備える、という現役時代のパターンに戻ってしまって、「詰まってしまった」というか、人生の歩き方がパーキンソンの患者さんみたいに、わけもなく前につんのめっている自分を自覚したからである。簡単にいえば、いつもの「蒸発旅」なのである。正式には国際反核法律家協会の会議（２００８年1月開催）への出席なのだが、私は観光組、手付かずの自然を満喫しようと企んでいたのである。

ハプニングは出発前から始まった。正月明けの風邪が長引き、おかしいな?と思って調べてみたら右肺に影があり、胸水も少し溜まっている。即、入院である。さっきまで威張っていた医者が一瞬のうちにナースのいいなりになる…その変身がなかなか難しい。4日ほどで退院したが咳と痰が切れない。コスタリカ行きの日は近づいてくる。前日、荷物を成田空港に送ってからもう一度至急検査。胸の影は消え、胸水も消え、炎症反応も正常化していた。ゴーサインが出たのは出発半日前という綱渡りだった。16日、成田に集まったメンバーを見ると二人の被爆者（一人は82歳）がいる、団長が腰を打ってソロリ、ソロリと歩っている。これは、会議や観光どころではなく、随行医師になるなーと思いながらティッシュを一箱抱えて夕方飛行機に乗り込んだ。咳・痰が続いていたからである。ヒューストンまで12時間、そこからコスタリカのサンホセまで4時間、いくら行っても16日である。わが生涯最長の誕生日？である。

ホテルの部屋に入ったら、団長が「脈が変だよ！」という。脈を診ると二つ打つと一つ欠けてしまう。明らかな不整脈である。その夜は団長以下3人ほどが、初代大統領夫人　カレン・オルセン・フィゲーレスさんを自宅に表敬訪問することになっている。あわてて随行を申し出た。

カレン女史は80歳ほどなのに美しく、ゆったりとしており、かつ、いつも理性的である。「華がある」というか、オーラを発している。日本の9条を守る闘いがどうなっているか、そこに若者が参加しているか、なぜ参加が鈍いのかなどを聞いてくる。夜が更けても平気である。途中でドクター・ストップをかけ、団長の病状を相談した。カレン女史はすぐに明日受診する手はずを整えてくれた。

女史は翌日、秘書と迎えに来て一番大きな国立病院の心臓外科部長のところまで案内してくれた。スペイン語のできる通訳と私が同行である。すぐに心電図、これが年代物で4チャンネルしかなく、そのうち1チャンネルは雑音が入ってしまう。それでも安静にしていれば急変はないと保証してくれた。コスタリカでは軍隊をなくした代わりに、その費用は教育と医療につぎ込んだ…と聞いていた。教育はたいしたものだが医療技術レベルはもう少しかな？という感想を持った。

翌日からは、会議やパーティに出たがる団長を説得し安静を取らせる、どうしても出なくてはならないところを、会議事務局と打ち合わせて短時間だけ出てもらう…など、行動制限をかけるため、ほぼ団長に付きっ切りの状態になった。

会議は同じホテル内なので、覗きには行ける。これがまたビックリ物なのである。スケジュールがしょっちゅう変わる。全体のコーディネーターがいない？　そもそもタイムキーパーがいない。飛び入り演説、制限時間超え演説ばかり、時間が押しているので「コーヒー・ブレークは5分」といった議長が15分経っても外で談笑している。時間を守っているのは日本人だけ…あきれて、怒って、最後には笑い出してしまった。どう考えたって時間通りやるこちらがおかしいし、少数だし、異常だからである。TVクルーも同じ。被爆者を撮りたいからホテルのロビーに9時と連絡をよこしたのに、来たのが11時。2時間遅れ、その間連絡を取ると、「今出た…」「ホテルへ向かっている…」と、まるで蕎麦屋の出前。遅れて悪かったともいわないのである。サンホセに着いたとき、添乗員が、ハラがたったら「コスタリカ・コスタリカ・コスタリカ」と3度叫んでくださいといったのが冗談ではなかったのである。

会議のスケジュールの詰めを前日夜遅くやっている。当日、できたよ、といって渡されたのをみると2日目、被爆者の証言に次いで、私も「被爆者の心の被害について」を話すことにされている。同時通訳者が早く原稿をくれというので朝早起きしてつくり上げた。

会議の争点は、原爆投下の犯罪性を「アメリカの裁判所でアメリカを裁く」という日本代表の主張を巡って、「とても無理だ」とするアメリカ代表と、「被爆者の依頼だから断固やる」という日本代表との対立のまま終わった。

会議にも全面的に出席できず、観光もできず、もっぱら国際会議の裏の駆け引きに付き合うだけの旅に終わったが、コスタリカの人たちと付き合っていると、「いま、ここで」起きていることを思いっきり楽しんでいるな、ということがよくわかる。いつも、いつも将来に備え、その日は我慢・耐えるという自分の生き方が見事にひっくり返された想いである。カレン女史の口癖「みなさん、夢を持ちましょう、夢を持てば、その夢は、実現するのです」も、本当のような気がしてくるから不思議である。

サンホセは標高1500m、高原の街。初秋の軽井沢のようである。私の健康は見る見るうちに回復してしまい、「詰まった」感じも、さわやかな風がいつの間にか吹き飛ばしてくれていた。ハプニング続きだったが、私にとっては久しぶりのいい旅だったのかも知れない。

（2008年1月）

「アレ、これ、」ばかりで名詞が出ない！

珍しい訴えをする患者さん（？）がやってきた。40を過ぎたばかりの女性である。2歳になる女の双生児を育てている。夫は毎日、午前様帰りで、一日中、子育てに追いまくられている。一日中、子供と3人で過ごし外へ出るのも3人…という生活であるという。

この頃、自分ではフツーにしゃべっているつもりなのだが、フト気がつくと名詞が出てこない。洗面器を指して子供にアレ、それ、といっている。洗面器という言葉がぱっと出てこないのだという。一時が万事で、喃語《なんご》（赤ちゃん言葉）と「あれ、それ」などの代名詞ばかりになっているという。すっかり名詞を忘れてしまった。「これって、若年性のアルツハイマーではないだろうか」という心配で受診したのである。

双生児を育てるというのは大変である。育児関係者ではハイリスク・ケースとして通っている。しかも、この方は一人で育てているのである。「大人としゃべる機会が激減し、子供の言語レベルに合わせていると、このようなことは起こりうる」と説明した。この方は海外旅行の添乗員をしていて、英語が話せる。「それでも仕事をやめて長くなると、すらっと英単語が出てこないでしょう。逆に海外に長くいた人が帰国すると、なかなか日本語の名詞が出てこない、それと同じです」と説明すると、一応納得してくれたが、「上の子供のときはそんなことはなかった」という。何とこの方には7歳上の子供がいて、これまた双生児なのだという。ともに二卵性で、こっちは男の双生児であるという。そのときはこんな現象は起こらなかった…というのである。そこで上の双生児を育てたときの話を聞かせてもらった。

夫が午前様であることは変わりない。しかし、そういえば、初めての子供なので、実家の母親がもっと応援に来てくれたという。それだけでしょうか？と聞くと、住んでいたところが違うという。下町の戸建の借家に住んでいたが、双生児だったせいか、近所のおばさん、おばあちゃんが何かあると寄ってきてくれて、手助けをしてくれたり、預かってくれたり、アドバイスをしてくれたという。子育てに近隣の他人・大人が参加してくれていたのである。

いまは？と聞くと、「いつまでも借家ではと思って、ローンを組んでマンションを購入し住んでいる」という。マンションではプライバシーは保てるが、誰も、子育てに手を貸してくれない。おせっかいと、とられたくないからである。

上の男の双生児を学校へ送り出すと、母と双生児だけの密室的世界になってしまうのである。これでは大人も幼児語の世界に退化するのは当たり前である。双生児を時々預けて外出すればいいが、預かってくれる知人がいない。2歳児の保育も、母が健在で専業主婦ならば預けられない。ベビーシッターは、双子となると費用がかかりすぎるのでとても無理という。

「双生児の親の会」という集まりが各地にあるが、行ってみると、「双生児を立派に育てるために」という意識が強くてなじまない。自分の要求は、日々、短時間でも解放されて一人になり、外出したい…のだという。もっともである。土日、夫に任せようとするが、疲れ果てて寝ているか、スルリと逃げられるばかり。第一、任せても「(下手で)見てはいられない」し、すぐに、「オーイ頼む」になってしまうという。認知症でないことが分かっただけで今日は安心しました、といって帰っていってしまった。

我々にできることは、地域のしかるべき子育て支援チームに連絡するぐらいである。それも多分彼女の期待にあまり役に立たないであろう。これだけ蝟集《いしゅう》して住みながら近隣に共同性がなくなってしまうと、ことは子育てを超えて「社会」という言葉の意味さえ変わってしまったことを意味する。字引をみると、「社会」とは「人間の生活共同体」を、まず第一に挙げている。地域社会とは「近隣」と「共同性」を2本柱にした概念である。地域社会から共同性が失われたということは、育つ人間のありようが変わるということである。恐ろしいことである。

「子育て・子育ち」は群れの文化である、というのは私がいつも主張していることである。群れから群れへと世代伝承されていく文化なのである。

昨今、近所づきあい拒否傾向が強まってきて、人は孤立して子供を育てている。それも一番重要な乳幼児期に。

このケースは、そのことの弊害を図らずも実証したケースなのであるが、親が仮性認知症になるほど深刻であるとは、私も知らなかった。

（２００８年３月）

同窓会あるいは、不義理一掃の旅

久しぶりに大学の同窓会が開かれた。昭和31年入学の仲間には4人の外国人がいた。二人の台湾人と香港から来た女性と沖縄からの留学生である。当時、沖縄はアメリカ領でパスポートを持参していた。入学後50年ほど、卒後46年経っている。大学内に教授で残っていた同窓会幹事が退職してしまい、しばらく間が空いてしまったものだから、女性陣が痺れを切らせて幹事役を買って出た。6人の老女医たちは皆ピンピンしているのである。中でも最年少のA女史は意気軒昂、会う早々発破をかけられた。

彼女は前橋の大店の娘で、入学早々、気軽に家に招いてくれ、自慢のレコードを聴かせてくれた。イベット・ジローの「詩人の魂」などである。シャンソンなんて聴いたこともなかった私は、その文化格差にため息が出た。専門課程に入ってから、私たちのクラスは60年安保闘争に巻き込まれていった。その中で急速に政治づいていった私から見ると、彼女は相変わらず、明るく、自由奔放であるが、やや物足らない存在となっていった。

卒業後内科に入局、そこから山村僻地をかかえる病院に派遣された彼女は、ある日私のところにやってきて、その日の往診の様子を聞かせてくれた。肺炎を起こした老婆が寒風吹き込む部屋の薄い布団の中で震えていた、という。「あのおばあちゃんには医者や薬は要らないのよ！　それより先に、温かい部屋と温かい食べ物が要るのよ！」「今日ほど医者というか、医学の無力を感じたことはない」。学生時代から、薬や注射の前に生活の改善を！という医療観をぶっていた私に、思いをわかって欲しかったようだ。

それ以後、彼女は一変した。開業してからも、近くの大工場の排水公害とたった一人で闘い、その後も住民の健康を守るため環境破壊と闘い続けている。このところ、農薬の空中散布と闘っていた。そして遂に勝利を得たのである。群馬県議会で空中散布中止を議決させたという。その闘いは彼女がオルガナイザー(組織する人)であり、既成組織や政党と無関係の市民運動の勝利であった。その報告を真っ先に私にぶつけてきた上に、「成果を得て何ぼ、なのよ！　昔から（正しいが）理屈ばかりの（中澤さん）は、どういうわけなのよ！」といきなりパンチを浴びせてきたのである。参ったなーと思う前に、70歳にしてまだ少女のように第一線で旗を振る若々しさに感動してしまった。私でさえ、旗振り第一線は、若手に任せているからである。

この間の物故者も少なく、クラスの半数以上が集まったが、あとは淡々としゃべり、淡々と散っていった。わが子の出来・不出来や、現状の不満・自慢をいう歳ではもはやなく、話題は老後の趣味・健康法、そして今かかえている自分の病気だけである。皆十分に老い、顔だけでは判断つかなくなっている奴もいるが声だけは変わらないので、目を瞑って「声」を聞いていると、若き日の姿と同時に名前が浮かんでくるのが、おかしかった。

翌日は、早々に皆散っていった。それぞれまだ第一線で臨床をやっているものが多いのである。「生涯、市井の一医師」と決めた人が多かったのは、やはり安保闘争の影響であろう。

私は、長男にして、故郷・群馬を離れているので、もう一泊して、この際、日ごろ不義理を重ねているところに顔を出すことに決めていた。妹のところをベースにして動き回ろうと決め、まず高校時代の恩師を訪ねようと電話してみると、四国の戦友の墓参に出かけ留守だった。恩師が四国まで出かけるのなら私もやらないわけにはいくまいと、彼岸に一週間早いが、我家の墓参りにいった。日ごろは墓守を弟にまかせきりなのである。

次いで入院中の義兄を見舞う。進行の遅い癌を患っていたが先頃から歩けなくなり、その上、食べられなくなったと知らせてきていた。私が行くことを楽しみにしていると、次姉から聞かされていた。義兄はもと国語教師で中学校時代に私も教わっているので、今でも「先生」と呼んでいる。私を「国語」好きにしたひとである。「食わねば戦はできないよ！」をいうと、ペリリュー島生き残りの元少尉は、「そうかそうか」と、はきはき答えた。目をぱっちり開けており、「こんな状態のいいことはこれまでなかった」と姉は大喜びしていた。しかし、少年のようにぱっちり開いた目の焦点はどこにも合っていない、しゃべるときもこちらを見ていない、そのことの重大な意味を姉に告げることはできなかった。それは見えていない、見ていないのであり、軽い意識障害の兆候なのである。

お昼に名物のうどんを妹に振舞われてから、今度は四姉宅を訪れる。すぐ上の姉であり、わが家を支えるのに一番貧乏くじを引いたこの姉には格別な思いがある。私が医学部に入ってしまったため高校しか行けなかったこと、亭主の弟が高校の同級生だったため、姉が結婚する前から入り浸って夕飯などご馳走になっていたのである。そして42歳で私が上京することを決めたとき、たった一人賛成してくれたのがこの亭主だった。昨年12月、肝臓がんで死亡した。ここも早めの彼岸参りなのである。大喜びしてくれたが、げっそり痩せてしまった姉に愕然としてしまう。私が故郷を離れてから姉弟の中心である弟は内科医でもあるので親戚集団や知人・ご近所のよろず健康相談・療養相談役をやっている。私たちが育ったところはさら地になっているので、姉弟の集まり場所でもある。今日もこの日顔を合わせた4人が弟宅に集まった。ちなみに、私は8人同胞、そしてみな健在なのである。昭和元年から20年までに8人生まれたということになる。

一日中、ふるさとを走ってみて、その変わり様に打ちのめされる。赤城・榛名の眺めは変わらないが、広い道路が何もなかった畑中を貫き、昔の街並みはおろか、歴史ある街道もさびれ見る影もない。中でも出身高校のあった渋川の街、その中心であった四つ角は家もなくなっていた。

それはないではないか！と思った。一角を占めていた銀行も、初めて万年筆を買った万年屋もなく、シナモンの香り高い銘菓を売っていた錦光堂もない。懐かしい本屋の正林堂、女子高生とときめきの時が過ごせた図書館は怖くて訪ねられなかった。老いて知人がなくなっても、ふるさとの山河や町はあると思っていたが、これでは文字通り、ふるさと喪失である。人より前に街が消えるとは思わなかった。

「ふるさとは、遠きにありて想うもの…」ではなくて「ふるさとは、遠き思い出の中から呼び出すもの…」になってしまった。まさに「…帰るところにあるまじや…」である。

（２００８年４月）

セツコ

今年はなんという夏だったのだろう。暑いかと思うと急に寒くなり、7月半ばまでストーブが要った。それ以後の蒸し暑さと集中豪雨、ゲリラ豪雨と名がついた。故郷の急な夕立は一時間足らずで通り過ぎるが、ここでは、雷雨とともに長いこと居座っている。上京してきて30年近くなるがはじめてである。この様子は熱帯のスコールとも違う。日本は温帯から亜熱帯になったとしか思えない。

夏にはめっぽう強く、食欲が出て体重が増えるのに、初めて「夏バテ」を経験した。長く患っていた次姉の亭主が亡くなり、これで4人いる姉の相手は全部死んでしまった。順番からいうと次は私なのだが、年上の死はいっこうにこたえない。歳下に死なれるとひどくこたえる。

8月はじめ、軽井沢へ行ってきた。家族の誘いに乗ったのである。新婚旅行の地は、春オープンしたばかりの軽井沢のホテルだった…というと格好がいいが、内実は金がなくて新婚旅行へ行けず挙式後、赴任地の佐久病院（臼田）に帰る途中一泊しただけなのである。

私は、臼田からよく往診に来たし、四季折々の軽井沢、小諸辺りから眺める浅間山が大好きだったので、大乗り気で、レンタカーを借りて、軽井沢から小諸城址、臼田までと考えていた。

当たり前のことなのだが、新幹線で東京から一時間で着いてしまったこと、横川から軽井沢までのアプト式機関車の付け替えがないのにむっときてしまった。機関車の付け替え中に買って食べる「峠の釜飯」が、かつては一番の旅の楽しみだったのである。家族の軽井沢行きの目的が、「涼を求めて」以外は、私の狙いと違って、「旧軽井沢銀座」や駅近くの「アウトレット」なのを知って、げんなりして帰ってきた。

留守電を何気なく聞いたところ思いがけない知らせが入っていた。

「セツコさんが死んだ…」

あわてて問い合わせてみると、友人と二人、白馬の大雪渓の登り口で落石にあい、腹部をつぶされて即死状態だったという。落石は直径２m、落ちてくるのが見え、避けたのだが直前、石がパカっと半分に割れ片方が避けたセツコを直撃したのだという。私が軽井沢へ出かけるべく家を出た時刻である。なんということだ。

セツコは10年ほど前、病院にやってきたナースである。精神科外来、次いでデイケアをやってもらった。エネルギッシュで、明るく、チャキチャキの下町っ子であった。仕事もできたが、何にでも興味を持ち、物怖じしないので、たちまちわが病院の顔になってしまった。何よりも行動的、そして無類の酒好き、そして江戸っ子の粋を持っていた。フルートを吹くかと思うと、杜氏体験ツアーにでかける、山に登る。私が定年になったときには、私の名前が入ったラベルの清酒をひそかに用意して宴に臨むなど細やかな配慮を忘れない人でもあった。唯一の欠点は「縁遠いこと…男は見る目がない」と笑っていた。

こんな女性が放っておかれるはずがない。某国立大の助手に引き抜かれてしまった。2年前のことである。まもなくその大学の周辺から、彼女の活躍ぶりが伝わってきた。私の周辺の勉強会にも必ず出席し、デイケアの患者メンバーからなるハートビート・コーラスには毎回駆けつけていた。ついでながら、音楽好きの臨床心理士とボランティアの音大生にしごかれた、このハートビートはレベルが高く、この間も国立音大の「音楽療法の理論と実践」の時間に出演し並み居る音大生や教授陣をビックリさせた。その「打ち上げ会」にもセツコは駆けつけているので、皆数日前に会ったばかりだったのである。

通夜には教え子をはじめ大勢のひとが訪れた。セツコに似ず小柄なお母さんは「まだ信じられない」という。通夜が終わってから柩の前でミニコンサートが開かれた。やはり音楽仲間だった皮膚科の女医さんの発案である。臨床心理士のソロ、デイケアメンバーによる見事な混声四部合唱、そして最後は、全員で、アメージング・グレイスとセツコの大好きだった「埴生の宿」。それでもみな立ち去りがたくたむろしている。

セツコといえば「酒だ」、やっぱり飲もうと、14～15人で駅前の酒場に乱入した。斎場の狭さもあって東京の通夜は回転寿しのように動かねばならない。それに狎れて、通夜自体が最長1時間のそそくさとしたものになっている。だから、こんなに皆が立ち去らない通夜なんて珍しいのである。

私は37歳のとき、目の前で師匠を失った。後輩の結婚披露宴のスピーチ中、心筋梗塞で崩れるように倒れ、そのままだった。セツコ以上に劇的な死に方だった。49歳だった。師の死は私だけでなく多くの人に衝撃を与え、「あれから、もう何年…」と語られ続けられている。あれから、もう34年経っているのに昨日のように生々しい。その日から私は、「人の死に様、死ぬ時期」ということをいつも考えてきた。

わが師は、例えてみれば「爛漫と咲く桜の大枝がボキッと折れるように」逝ったのである。人生真っ盛り、上昇気流に乗って次の大飛躍を誰もが期待している時期、もちろん、その人の欠点など露出しない時期の「死」故に、遺された者の中でそれは長く長く生き続けたのである。だから、「老残を晒してまで生き残るべきではない、それが男の美学だ」と思った。44歳で逝ったセツコもまた、師と同じ理由で遺された多くの人の中に今後、長く生き続けるであろう。

49歳をはるかに越え、せめてそこまでは生きたいと思った21世紀をも突破し、古希さえ超えた私はいま、「老残を晒している」とは思わないが「老衰を晒《さら》している」ことは事実であろう。しかし、いま、若くして死んだ師のことを考えるとやはり、気の毒であった、と思う。

「生きていく」ということは何歳になっても「ままならない」し、「苦しいこと」は同じではあるけれど「時々、面白いことがあるし」何よりも賢さと愚かさを兼ね備えている「裸の猿」の社会が刻々と変わっていくのを見ることは興味深いからである。「ソ連邦の崩壊」や「9・11」、「インターネット社会」を師が生きていたらなんというだろう、などと思うとニヤニヤしてしまう。もしかしたらセツコ以上に酒好きだったので、もっと酒が飲みたかった…というかもしれない。

亜熱帯化のためか、われながらまとまりのつかないエッセイになってしまった。

（2008年9月）

岩国にて

今年広島へ4回行った。拙著『ヒバクシャの心の傷を追って』（岩波書店）はさっぱり売れないのだが、読んだ人にはそれなりの想いが湧くらしく、このテーマでの講演が増えているのである。放射能による癌や白血病の被害報告はたくさんあるが、今まで「心の被害」を正面から取り上げてきたものはなかったからであろう。医療ソーシャルワーカーや臨床心理士会の「心の被害救援部会」、平和研究所などから声が掛かるのである。その年の開催地が広島だと、やはり被爆の問題となるのであろう。「きょうされん」（障害者の共同作業所）の大会でも特別講演は中沢啓治さんだった。

どこに講演に行っても同じだが、「トンボがえり」である。あるいは夜遅く着いて講演が終わるとすぐに帰ってきて、観光をしている間がない。特に飛行機で行けるところ、新幹線で行けるところはそうである。広島など何度行ったか分からないのだが宮島さえ行ったことがないのである。

ところが今度は、久しく会わない友を訪ねてみようという気になった。今年のクラス会に来なかったせいもあるが「会えるうちに会っておかないと…」という無意識が働いたのだろう。学生時代もっとも心許せた友人で、子供同士も付き合いがある。彼は、岩国の錦帯橋近くで、父親のやっていた産婦人科病院を継いだ。電話してみると、前の晩来て我家に泊まれ、という。駅に迎えにきてくれた友は、髪こそ薄くなっていたがスリムな体型を保ったままであった。聞けば毎朝1時間欠かさず走っているという。トド化したわが身と、えらい違いである。

その夜、旧知の奥さんを交え話に花がさいた。それぞれの子供の現況、思うように育たないので親業は損だ、という話などをホンネで打ち明けられる数少ない友なのである。彼によれば「市内で産科をきちっとやれるのは自分のところだけになってしまった。今も月30～40の出産を扱っている。現役を続けざるを得ないし、保健所からは頼りにされるし、こんな時代が来るとは思わなかった」という。然るに倅は、「内科医」になってしまって…と苦笑いしている。しかし、一番話が盛り上がるのは、60年安保闘争、分けても6・4ゼネスト時、群馬の新前橋の信号所を占拠し列車を止めたことである。クラス全員が参加した闘いで、一部の政治セクトが中心となった70年安保闘争との一番の違いである。彼と私は線路を枕に寝ながら、「これが革命というものなのかな…」などと語り合ったのを憶えている。その時参加したクラスメートのその後を見ると、最後まで市井の一医師として頑張っているものが多い。教授や学者や行政官になったものが極度に少ないのである。

翌朝、早く目覚めてしまった私は付近を散歩した。岩国はまだ昔ながらの狭い道、土塀が残っている。彼の病院の広い駐車場に行って見たらたくさんの桃太郎旗が林立している。書いてあるスローガンは「岩国基地反対」である。米空軍の司令部移転反対、それにともなう基地拡充反対！である。病院の正面玄関には何もないが、しっかり地元の要求では意思表示しているのである。私の病院には正面玄関から「核廃絶」や「9条の会」などのビラが貼ってあるが、一人ひとりの職員は当たり前になっていて気にも留めない。個人病院であり、地元の医師会での重鎮である彼が今もなお民主的な立場を貫き意思表示しているのである。健在！というより感動してしまった。

私の民主性など病院という組織に守られて発揮されているところが多く、自宅に帰れば只の人である。このように自宅で商売をやっている人が、政治的・思想的主張をするということは、わが国では商売に差し支えるため、難しい。医業でも同じである。ずっと与党支持の医師団体の中で、旗幟鮮明にするということは医療技術を患者に信頼されており、なおかつ勇気と医師仲間の人望がないとできぬことである。

おかげでその日の講演はうまくいった。何より「未だ癒えぬ心の傷」を抱えたまま死を迎えようとしている被爆者に対して、我々が何をなすべきか!…、いつもは少し遠慮する部分を、聴衆に対してスパーンと言い切って講演を終えた。

（2008年11月）

机のこと

私の部屋には机が二つある。書斎ではない。私の部屋である。これまで書斎らしき小部屋を確保してきたが、この家に移ってから一部屋に蟄居《ちっきょ》の身である。ベッドも衣類も本や資料の類も、個人的な私物一切が放り込まれた中で、机二つ入れると身動きできる空間が極めて狭くなる。食事・風呂以外はほとんどこの部屋で過ごすので、感覚的には「寄宿」「独房」に似てきている。このことは、一面、気楽ではあるが、家族の一体感を薄めてもいる。

住宅事情を嘆いているのではない。問題は二つの机である。一つはごく普通の事務机と椅子、もう一つはパソコン・ラックである。机のほうは「読み」「書き」「調べものを」するところである。それに便利なようにレジュメ・ファイルや、講演依頼書、住所録、辞書、筆記用具、書きかけの文などが机の半分を占めている。ここは私の思考と行動の原点であり、ここに座るだけで落ち着きを取り戻すことができた。できた、と過去形でいうのは、今は「できなくなった」からである。その原因はもちろんパソコンである。

帰宅するとまずメールチェックをしなくてはならない。返事を出す。文章をつくるのもパソコン、「朱入れ」を送り返すのもパソコン、保存しておくのもパソコンである。疲れるとゲームをすることもできる。便利といえば便利であるが、心の中である「大きな逆転」が起こってしまっている。これまで必要なときにパソコンの前に座ったのだが、必要もないのに、先ずパソコンの前に座ってしまう。実際、作業量からして、パソコンを使うほうが多いので、手書き書類や葉書などもパソコン前の空き地で済ませてしまう。

パソコン机では、使っている頭は同じだと思うのだが、仕事を終えても、何か充実感が残らない。文章でも、書き上げた！というより「処理した」感が強い。手書きのときは書き終えてベッドに入り、書いた文章を思い起こし、飛び起きて一部書き直したりしていたが、そんな人間臭い行動は起こらない。「処理した」は、相手に送ってしまった…からである。ためらっていると次の案件に対処できない。ためらわせないのがパソコンなのである。文章をつくっておいて、送る前にもう一度直すように心がけているが、これはパソコンのもっている哲学（速度・利便性・即断性…）に反逆しているのと同じである。

さすがに、パソコンの前ではまとまった本や論文は読めない。難しいとすぐ、マージャンなどをやり始めてしまうからである。読書は本来の机で、ということになるが、これがだめなのである。すっと、入っていけないのである。座っている時間が短く、その机でやっている精神活動の量が減っているためか落ち着くまでが大変になってきた。私という人間の原点、過去未来・上下左右、思考と行動軸の原点ではなくなってきているのである。

昔、この机は座り机であった。実に自分の感覚にぴたっと合っていた。そこに座るだけで、落ち着き、骨のある論文や本を読め、長い文章づくりに没頭できたのである。そればかりでなく、その日の出来事を思い返したり、受けた傷を舐めたり、将来に思いをはせることのできる場であった。すぐ形になるものは少なかったけれど、今考えると、実に豊かな自分固有の宇宙であり、その宇宙の中での私の思考はのびのびと動き回り、かつ、自分をも、いろいろな角度から見つめていたのである。

その宇宙の縮小は、間違いなく私のパソコン習熟度に比例している。これからの生活でパソコンを手放すことはもうできないであろう。あのゆったりとした宇宙をどこにつくったらよいのであろうか。そこに座るだけで落ち着けた「私の原点」をどこにつくるか、私は結構、深刻に悩んでいる。とりあえずは、骨のある本や論文を集中して読める場所探しに悩んでいる。わが家では物理的に不可能、職場や図書館では時間的に不可能、へらへらしている首相や不況そっちのけの政争、不順な気候以上の、私の春憂なのである。

（2009年3月）

「四月一日」・不連続線通過、桜も夫婦も大揺れ

今年の桜は開花して強い風と冷たい天気にさらされてしまった。まだ六分咲きなのにもう散り始めている。それも花びらではなく、ガクごと落ちてくる。今日も冷たい小雨である。

約束なので午後からYさん宅の掃除に出かける。ここ4か月間ほど、Yさんに掛かりっきりである。Yさんとは、拙著『「…」でなければ歳をとった意味がない』(萌文社)の「はじめに」に出てくる老女である。引きこもっていて、気がついたときにはライフ・ラインを止められていて、危うく餓死するところだった人である。

あれから薬と食料を持っての週1回の往診が続いている。薬をきちんと飲むようになって、初めて引きこもっていた日々のことを話してくれるようになった。

想像していた通り、同じアパートの住民(と思われる)人々の誹謗・中傷の声(幻聴)、襲われそうな雰囲気(妄想)が怖くて、身を縮めていたのである。あれは幻聴(病気)だった!と気がついてから回復は早かったが、日々の食事(出来合いをコンビニで買ってくる)がやっとで、

散らかり放題、汚れ放題の部屋を片付ける気力・体力もない。私以外の人が訪ねていっても戸を開けるようになってきたし、元通っていた障害者の生活支援センターにも顔を出したというので、少し前から部屋の掃除を持ちかけていたのである。

まず一番気になっていた、傾いている冷蔵庫を直す。冷蔵庫の上には電子レンジが載っている。ネダが折れているので大家に掛け合うと事なのだが応急処置として、下に厚い板を敷いて水平にした。レンジは絶えず使っているようである。なぜガスを使わないのだろう！と思ってひねって見るがガスが出ない。また滞納して止められていたのである。電話は、電話機が壊れているのはわかっていた。念のため問い合わせてみると、こっちにも前年度分の滞納があるので止めている、という。ケースワーカーを付き添わせコンビニに支払いに行ってもらう。

ハウス・キープ能力が彼女のように落ちている独居老人はたくさんいると思うのに、相変わらず冷たいというか、機械的な扱いに、腹が立つ。

その間に、ナースと二人で片付け。Yさんが仕分けした廃棄物以外にゴミや汚れた衣類がいっぱいである。食べ物は?、前回、持ち金が３０００円のとき、買うよう薦めた米が一升ほどカメに入っている。それ以外何もなし…である。

前に同じようなケース宅を訪問していたとき、座っている膝の上までゴキブリが列を成してあがってきた。今回もそれを覚悟していたのだが１匹もいないのである。台所も絨毯張りの床も申し分なく汚れているのである。コタツや万年床をどけ、戸棚を動かし、くまなく電気掃除機をかけたが、ゴミ以外には干からびたねずみの屍骸1匹だけだった。私は妙に感心してしまった。食うものがないとゴキブリも棲めないのだ！と。住んでいる人間様が飢え死にしそうなところにやつらが棲むわけないよ！である。ゴキブリ屋敷もひどかったけれども、ゴキブリに見放されたこの家はもっと悲惨ということになる。

支払いに行った二人が帰ってきた。ガスはすぐに来てくれて夕方通じるが、電話は、新規開設扱いで、身分証明書の提出が要るという。保険証も免許証もないので、福祉事務所から証明書を出してもらい、送らなければならない。こんな面倒なことを、Yさんがすらすら、やるはずがないので、これはケーワーカーに引き受けてもらった。

一番怖いのは火事である。布団や床はタバコの焼き抜きだらけである。ガスがこないので使えるのは電気だけ。みると、電気毛布、コタツ、TV、冷蔵庫、レンジ、すべて一つのコンセントから蛸足配線されているので熱を持っているうえコンセントが壊れかかっている。再びコードを買いに行ってもらい、折角三つもある差し込みにTV、冷蔵庫、レンジをつなぎそれ以外は集合コンセントにまとめた。今日はこのくらいにしよう！と引き上げようとしたが、見たところさっぱり片付いていないし、きれいにもなっていない、もう一度来ないとだめだなーと、トボトボ病院に帰ってきた。

病院に帰ると、小さなことだが、老人（私のことだけれど…）をイラつかせることが三つほど待っていた。むきになって、争うことでも、歳でもないなーと胸にしまって帰宅した。

今日は4月1日である。何の日か、もちろんわたしは忘れてはいなかった。45回目の結婚記念日である。夕食のテーブルには、小さな赤いバラがあった。それを見ても何も言わず、いつものように黙々と食べていた。病院での小さなイライラを引きずっていたせいもある。それ以上に、私には金婚式までは生きられない！という想いが常にあり、金婚式の前倒しを元気なうちに近々やろう、とカミさんに提案しようと思っていたのである。

それで、カミさんが「今日は何の日ですか、わかっていますか⁉」と訊いたとき、「わかっているよ、でも（金婚式を待たずに）、もう死ぬから…」と答えてしまったのである。しまった！と思ったが、もう遅く「そんな言い方ってないでしょう…」「今日という日に言うことではないでしょう！」と泣かれてしまった。こういうときは、言い訳すればなお悪くなる…とわかっているので、早々に寝床にもぐってしまった。

翌朝、娘から、厳しく詰められるし、大変な結婚記念日になってしまった。

普段は決していわない職場でのこと、いまおかれている微妙にして厳しい立場、急にやってきた体力の衰え、それをどのように切り抜けようとしているか、私なりの心づもりをゆったりと話したのは、3日後の夕食時だった。そして、来年も同じことが繰り返されるのでは、たまらない。

金婚式は前倒しでやってしまおうと決心した。掃除をする気力さえないYさん、老女と書いたが、私より5歳も年下なのである。

「人には何が起こるかわからない！」ことを毎日見ている商売の私の人生感覚・判断・対処を、カミさんに求めていた私のほうが「甘え」ていたのである。

45年たっても「夫婦って難しい」ものである。

（2009年4月）

II. 永平寺の晩鐘

永平寺の晩鐘

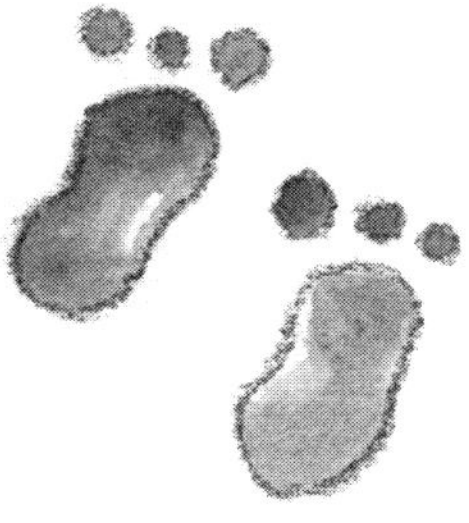

永平寺の晩鐘

予定していた家族旅行が駄目になって、ゴールデンウィークが丸々空いてしまった。とっさに一人ぶらり旅をしようと思った。まず狙ったのがトカラ列島の船旅である。調べてみると鹿児島から名瀬まで、一つひとつ、島に立ち寄るが上陸・宿泊する時間的な余裕がないことがわかった。それではインナートリップに変えようと永平寺での3泊4日の修行に切り替えた。

なかなかの人気らしく電話をかけ続けてやっと滑り込んだ。あとで訊いたら男女各12名の募集に対して100人ほどの応募があるという。数年前から近くの寺ではじめた座禅はあまり面白くなかった。無念無想の境地にも達せず、安らぎももたらさなかった。本場で、心行くまで座ってみたらどうなるだろう、と思ったのである。カミさんはまた物好きがはじまった！という顔をしているし、娘は「そんなのがほんとに楽しいの！　究極のマゾヒズム」だという。

案内によれば、朝3時起床、顔を洗ってすぐに座禅、ついで法堂にて朝のお勤め、朝食後、作務と休みなしのスケジュールが夜9時まで続くのである。

座禅とは、「ひたすら座ることで…欲を捨てること」で、「安らぎ」や「無心の境」を求めることも、また「人の欲」であるといわれてはいたが、その欲をかきに行ったのである。

多い日には40分ずつ、7回は座るのである。そうすれば、なにか起こるだろうと思ったのである。新緑で山藤がきれいな永平寺は観光客であふれていた。そこへ雲水（修行僧）のインターンとしていったわけである。

結論的にいうと、期待は木っ端微塵に砕かれて帰ってきた。座禅とは心の問題ではなかったのである。体の問題であったのである。

到着するや灰色の着物と巻き袴に着替えさせられた。それはいい。ついで、歩くときは必ず叉手《さしゅ》し音を立てずに歩く、人に会ったときのお辞儀の仕方、大声の禁止、洗面所・トイレの使い方を教えられる。これらは座禅中の人を妨げないためだけでなく、行住坐臥《ぎょうじゅうざが》すべて禅であるということである。

分けても厳しかったのは応量器《おうりょうき》（食器セット）を使った食事の作法。茶道の作法よりはるかに厳しい。なぜそうするの?という疑問は抜きである（後で考えると実に合理的であり、深い意味合いがある）。フキンの広げ方、たたみ方、茶碗の持ち方、箸の持ち方、食器の洗い方、給仕をしてくれる僧に対するお辞儀の仕方、そして途中に挟まるお経…手順を間違えまいとするだけが精一杯で、味もわからない。もっとも、毎度、一汁一菜《いちじゅういっさい》である。そして食事は座禅を組んだまま、その場所で摂るので、足が痛くなってしまう。食事も禅、3食、各1時間、結跏趺坐《けっかふざ》のまま摂るのである。

「座禅とは何か?」という話を指導僧がしてくれたが、開口一番「皆さんは何か得ようと思って来ているでしょう。得るものはありません。みんな捨てていってください」といわれてしまった。その上、「私は死後の世界はわかりません。あの世はないでしょう。この世をどう正しく過ごすかだけを考えています」といわれてしまった。勢い込んできた「座禅」についても教えてくれるのは座り方だけ。両膝と坐骨で三角形をつくり、その中心に体重をかければ、その力は地球の中核に向く…ゆっくりと腹式呼吸をしなさい…だけである。

食事の時間も含めれば1日、7時間以上座っているわけであるから、足腰・膝は最後には痛みを通り越して震えが来てしまう。足を崩しても叱られないが、精神より肉体・型の重要さをいわれる以上、やめるわけにはいかない。まさに、娘のいうとおり「究極のマゾヒズム」である。

3日目。寝る前の座禅、痛み果て、疲れ果てていた。頭の中にはかすかに響く晩鐘だけが通り過ぎていた。

一緒に過ごした仲間と友達になることもなく、下山した。達成感もなく失望感もなく、4日前にくぐった山門を淡々と出てきた。私が変わったろうか? 今後は変わるかも知れないが、そんなことを禅に求めること自体が、安直・強欲であろう。達成感云々なら十数年前、羽黒で山伏修行をやったときのほうが素晴らしかった。しかし、私がその修行で変わったかというとまったく変わらなかった。今回も同じであろう。

「座ること」には多少、上達したが「座ること」以上に重要視されている、食事づくり、トイレ・洗面所の掃除、整頓などの、日の当たらない「生活」行に心をこめる日常を過ごしていないからである。

係りの雲水たちは孫みたいな年齢である。多く、自分の寺を継ぐための修行とはいえ、入門して以来、2年半くらい山門から一歩も外に出ていないのだという。その修行は座禅や経典の勉強よりも粥をつくったりタクワンを切ったり、掃除をしたりに費やされている。

いまどきこんな日本人がいることにびっくりもしたが、それ以上に何となくほっとした。そう考えるとこの歳にして初めて経験した、文字通りの「私の黄金週間」だったかも知れない。

（2009年5月）

栗の花と口内炎

６月は梅雨、という印象が定着しているが、関東地方は5月の続きで、半ばまできわめていい天気が続く。都会の中でも庭や空き地にいろいろな花が咲きそろう。派手なのはタチアオイである。20㎝ちかい花を次々と咲かせながらまっすぐに天に向かって伸び２ｍ近くなる。旺盛な生命力のシンボルのような花である。

地味だがよく見ると風情があるのは栗の花である。白い小さな花が群れ咲いて細長い紐状になっている。その細長い紐が束になって重そうに垂れている。

生まれ育った家にも抱きかかえられないほどの栗の木が二本あったのだが、花ははるか上で咲いていたので栗の実には関心があっても花なぞ見たこともなかった。通勤路にある栗林はまだ背が低いのでよく見える。地味な花でも注目せざるを得ないのはあの独特な強烈な匂いのせいである。夕闇の中でも思わず見てしまう。

決していい匂いではない。人によっては嫌いになるかもしれない。永く嗅いでいると麻痺してきてしまうくらい強烈である。たぶんその匂いにより虫を誘い受精するのであろう。そして秋に実になるのは、しだれ咲く花のうちの1個である。その確率はとてつもなく小さい。これもすさまじい生命力の示威である。なぜこんなことを書くのかというと、実はこの栗の花の匂いは人間の「精液」の匂いにそっくりなのである。精子もまた生命を誕生させる幸運に到るのは何百万の一である。だから毎年栗の花が咲くと、たくましい生命力を感じ、転じて己が生命力の枯淡化をも感じてしまう。

ここから急に口内炎の話になってしまう。どんなつながりがあるかというと、なかなか治らないのである。あらゆる治療に抵抗して、まるで「モグラたたき」のように次から次へとできてくる、「生命力」そのものなのである。

ここ4か月ほど私はずっと口内炎に悩まされている。何を食っても、飲んでも痛いし、しゃべるのも億劫になってしまう。食が細くなり、あっという間に4kg減って、メタボ状態が改善したのはいいが、家の中では一層無口になったのでカミさんのご機嫌は悪い。

これでも医者の端くれだから、口内炎の治療は一通りやったし、他科の医師にも見てもらったが、治療法は同じなのである。典型的なアフタ性口内炎*なので、原因は、ウイルス感染か、真菌感染である。出される薬はケナコルトなどの軟膏と総合ヴィタミン剤である。それをやっていれば1～2週間で治ると教科書には書いてある。どの医師もそういう。ところが、そうやると治

*アフタというのは、粘膜表面にできる、数ミリから1センチまでの大きさの円形または楕円形の粘膜疹を指す。

るが次々にまたできる。

三つもできると気がめいってくる。欠勤するほどの病気ではないので一緒に働いているナースにまで気分が移ってしまい、「今日はいくつですか?」と朝一番訊《き》かれるようになってしまっている。

ただの口内炎ではあるまい!専門医にかかろう、と思って調べてみると口内炎を担当する科はないのである。内科・耳鼻科・歯科・外科どこも名乗りを挙げるところはなく、どの科でも「その他大勢」の辺縁の病になっている。やつらの治りにくさの原因の一つは、この辺にもあるらしい。

こっちはそういっていられないから「滅多にない」口内炎まで調べざるを得なくなる。残ったものは「自己免疫性口内炎」と癌や肝機能障害があり、体全体の免疫力が落ちている場合である。胃カメラをはじめ、肝機能・腎・肺などあらゆるところをチェックし、こうなったら意地だと腫瘍マーカーもチェックした。悲しい(?)ことにすべて正常なのである。

ほかの医者たちは「もうストレス以外考えられません」という。仮にも精神科の医者に向かって、よく言ってくれるよ!と思った。ストレスのない人間なんていないのである。「ストレスです」というのは「よくわかりません」と同義なのである。中には「普段毒舌を吐きすぎるから…神様のお仕置きね」という医者もいる。

あっちこっちでいうものだから、いろいろな人が治療法を教えてくれる。もちろん医療関係者以外の人である。

3か月苦しんだがこの薬でぴたっと治った、といって薬まで届けてくれる。分かったことは難治性の口内炎になった人は、意外に多いということである。私と同じ薬を与えられたが治らず、医者をあきらめていろいろ試しているのである。医者のほうは来なくなるから「治ったもの」と考え、その薬が効くと思い込んでいるに過ぎないのである。その証拠には二人の甥（歯科医）が送って寄越したのが、どの医者でも処方するケナコルトだった。

専門医の決まっていない、さりとて命を取られるほどのものではない口内炎のような病気はまだ分からないところだらけ…というのが正しいと思う。同じような病気はまだまだたくさんあることだろう。秘薬や伝家の薬、サプリメントが廃《すた》れないわけである。「症状」を消失させる、症状の原因を一つに定めそれを除去する…という西洋医学思想の限界かもしれない。症状の原因は一つではなく、重なっていることもあるし、体という精密な有機体の変調やアンバランスのことも多いからである。そのアンバランスは気温変動や空気汚染などの環境からもたらされることも多いことはよく知られている。

かくしていまも私は、この生命力あふれる口内炎と闘っている。栗の花と同じで地味で無視されそうだが、どっこい無視させないよ！というヤツは生命力あふれているらしい。

最近は「もう闘うのはやめよう…」という心境になっているし、「医学的」原因の詮索もやめようとしている。「愛《う》いヤツ！」「敵ながら天晴れ！」とまで居直れないので、当面「不戦不和」で行こうと決めた。

６月は水無月、その名がすきで娘の名前にした。西欧ではジューン・ブライド。もっと瑞々しいエッセイにしようと思っていたのに無粋なハナシになってしまった。

（２００９年６月）

地すべり的勝利のもつ「危うさ」

都議選の結果をみながら、これはいつか見た光景、辿った道だなーという思いがしてならなかった。麻生総理以下の数々の失政、不評の嵐の中で、都民はチェンジを求めたというのが大方の見方である。次期政権選択の前哨戦の感が強かったことも事実であろう。一人区も民主党の圧勝であり、これはそのまま総選挙の一人区に当てはまるからである。都議選を次期政党選択選挙にしてしまったのはマスコミだといってよい。都議会では民主党は与党と同じなのである。身近な例でいえば都立病院半減案にも賛成している。四つある都立の小児病院も一つにされようとしている。そんなことは大マスコミは触れもしなかった。選挙の結果には各党の政策が少しも反映していないのである。結果は、小泉郵政選挙とそっくり同じ民主党の地すべり的大勝利であった。

「自民党をぶっ潰す！」という掛け声で、郵政民営化に反対した現職を公認せず、あまつさえ「刺客」を送るという劇場型選挙の主役、小泉総理の力強さ・恰好良さにしびれて国民は自民党に地すべり的勝利を与えた。今にしてみれば、日本経済の行き詰まりは、郵政に代表される「構造改革」にすべての原因がある。

何が心配かというと、恰好良さやムードによって地すべり的な変化が起きてしまう傾向が嫌なのである。政策や実績によらず一票を投じるから、自民党へ、今度は民主党へと逆の大風が吹くのである。一人ひとりの投票がムードや風向きで動くとすれば、政党の戦術はこれから、もっとムードに頼り、誹謗中傷合戦、有名人頼りになる。ということは国民の投票行動が見くびられているということに他ならないではないか。

風を読み、優勢の方に付くという傾向は自民党代議士にもっとも顕著である。小泉総裁以後の総裁選び、安倍・福田・麻生誕生は、一応3人くらいの候補者が出たが結果はすべて地すべり大勝で選ばれている。はじめは拮抗しているかに見えるが、ちょっとした人気、優勢が生じるといっせいに勝ち馬に乗る傾向が出る。政策論は二の次である。言っていることは一日にして変わる。だから圧倒的多数で選ばれた総裁も不人気になると、またすぐに引きずりおろす。無定見の極みである。よくも悪くも国士がいなくなった、玉が小さくなったといわれているが、そういうレベルの代議士を選んでいるのは我々国民なのである。

恰好良さや、頼りになりそう、何かやってくれそう…という感性のレベルで人を選びその許に結集する傾向はファッシズムの温床であることは、歴史が繰り返し証明している。

今度の選挙はチェンジ、一度は民主党にやらせてみよう…という声が私の周辺でも聞こえてくる。しかし、いまのようなレベルでの投票行動では地すべり的勝利を収めても、失敗が2～3続けばまた逆向きの大風が吹くだろう。

政党選択が（それがいまのように2大政党化の方向をとっている場合）、国民の生活と安全を保障する条件は、人気や風、恰好良さではなく、政策で選ぶことである。そのためには有権者が賢くなり、厳しい政策査定能力を持つことが条件となる。それだけでは駄目である。自分が選んだ人や党が公約通りやっているかどうか絶えず目を光らせ、サボっていたらリコールをかける勇気を持たなければならない。政治への参加は投票だけで終わってはならない。議員にお任せしないで絶えず監視をする責任が投票には付いて回っているのである。西欧に比べると、残念ながらここが一番違うのである。民主主義の成熟度が問われる所以である。成熟がないと、すべては私たちに戻ってくるのである。

暑い夏なのに、余計暑くなるような「硬い」話になってしまった。結果は分からないが、この夏は戦後史のエポック・メイキング・サマーになることは間違いない。「歴史が動く！」時に居合わせるのである。傍観者としてでなく、この夏だけは「暑さ」より、熱く動きたいと思う。それもどっちが勝った・負けたではなく、一人ひとりが賢い主権者になり、民主主義を成熟させるチャンスとなるよう務めたいものである。

（2009年7月）

寒さの夏はオロオロ歩き…

宮沢賢治のうたった「寒さの夏」は「やませ」が吹き穀物が実らぬ東北の冷夏をイメージしているのだろう。今年は「冷夏」なのだという。梅雨が長引き日照時間が少ないので、そうとしか言いようがないらしい。実際は暑い、ぎらぎら照りつけたかと思うと急に豪雨、湿度が高くサウナの中で生活しているようなものである。病院の中は25度に保たれているので一日中診察室にいると膝から下が寒さで痛くなってくる。レッグ・ウォーマーを薦められているが、私は膝掛けにしている。にわかにＯＬ化である。

日本は温帯から亜熱帯気候地帯に変化したとしか思えない。私がこの調子だから同じく老いているカミさんはひとたまりもない。突然、40度の熱を出して倒れてしまった。39度を超えても丼飯を食う私と違って38度を超えれば食えず・動けずの人なのである。それが分かったのが朝なのである。早く起こしてくれればいいものを…。先ず頭に浮かんだものはカミさんを2階の寝室から1階に下ろす…ことだった。水周りはすべて1階にあるからである。

トイレ、風呂はもちろん、台所、冷蔵庫…看病に必須なものはすべて1階にある。どちらが寝付いてもこの処置が必要だと考え、そのため1階の和室をベッドの置けるフローリングにしなくては…と前々から考えていたのである。布団を敷き娘と一緒にカミさんを移し、枕辺に必需品(電話の子機、ラジオ、体温計や薬、氷枕など）をセットする。体が燃えるようだというので、とりあえず坐薬で解熱をと考えたが、なんと坐薬は期限切れ、それでも少しは効くだろうと使ってみる。氷嚢を首や股におき、足らなくなった氷をつくり出す。娘も私も出勤時間が迫っている。一人にしてはおけない状態である。

手早く朝食を済ませ、カミさんの診察にかかる。悪寒戦慄があったらしく体中にホカロンが貼ってある。いきなりの高熱となれば疑うのは先ず扁桃腺炎である。腫れていないが喉は赤い。肺野に雑音が聞こえないし咳はない（肺炎ではない！）。病院に事情を話し、遅れる旨連絡する。1時間ほどでうまいことに38度に解熱した。しゃべり出したカミさんに「インフルエンザかいなかのチェックがいること」を話す。娘が半日休んで近くの内科に連れて行くこと、午後の新患をキャンセルして私が早帰りすることを決めて飛び出していく。幸い診療時間に間に合った。これってまさにわが夫婦の近未来（それも間近な）の予行演習だな…と思った。病気はやはり扁桃腺炎であったので一安心であるが、その夕方から介護し、厨房に立たざるを得なくなった。

その日からもう5日である。カミさんはすっかり和室が気に入ってしまい、基本的にはアイスノンを額に当てて寝たっきりである。食事時には起きてくるが、まだ37度くらいあり、彼女に言わせると「真熱」が取れないという。そんな非科学的なことをいうな！それ以上下げるには、日常生活リズムで動くしかない！といっても、「体質が違うから」と猫と一緒になってゴロゴロ生活である。

さて、話はここからである。私の方が娘より早く帰れるので、厨房に立つことになる。どこに何があるか分からないのでじれったい。ありあわせのジャガイモや野菜で「野菜炒め」をつくる。調味料も何も適当、キャンプや山での「やっつけ料理」で名前もないし、もう一度同じものをつくれ！といわれてもできない。レシピなし…である。これに肉を焼いてミョウガを添え、ご飯とインスタント・スープで終わり。これが意外に好評。だが次が悪い。「やれば…ちゃーんと、できるんじゃなーい」「孫なんか、ジジは何もつくれないで待っているだけの人と思っているよ」「これからもっと定期的に調理を担当して！」。仕方がないので「はい、はい」と答えながら、私は別のことを考えていた。

つくるだけでなく、洗い物、片付けも当然やるわけである。それをやりながら気が付いたのである。それは、ゴミの変化である。具体的には「生ゴミが出ない」ということである。反面ビニールやポリ容器・ペットボトルが断然増えている。それは二つのことを意味している。

売られている食材が焼くにしろ、煮るにしろそのまま使える、それ以上切り落としたり、捨てること。

たりする余分なところがないようになって、発泡スチロールとビニールでラッピングされている

もう一つは生水（水道水）を飲む習慣がなくなっていることである。水道は洗うだけに使われているのである。飲む水はハワイの深層水とか、柿茶・麦茶になり、しゃれたネーミングの水はガソリン1リットルより高い。これではペットボトルの山ができるのは当たり前である。

このところの気候以上に、食生活も異常になってきている…知らぬ間にそれは、わが家にも及んでいる。そのツケは遠からぬうちにやってくる…まさに「オロオロするような気分」であった。

「厨房人3日体験」が教えてくれたのは、わが国の出鱈目エコロジーぶりであった。

（2009年8月）

マリーゴールドの花──泰阜《やすおか》村訪問記

天竜川と切立った山の間にしがみつくように点在する小さな集落、そこをつないでいる曲がりくねった道と鉄路、多くの人は本道から専用の急坂を上り詰めた住宅に住む。

それはかつて私がフィールドにしていた群馬県の南牧村《なんもくむら》とよく似ていた。南牧村は鏑川《かぶらがわ》の両岸にしがみついていたが、川が狭いので上流に行くにしたがって空が狭くなり、家は谷に御尻を突き出す様にたてられ、村自体が暗かった。

飯田から泰阜村へはいると、村を縦断する道路の両側がぱーっと、明るくなった。途切れることなくマリーゴールドが咲いているのである。村をあげての運動だという。下るにつれて植生も変化し、背の高い芭蕉も茂っている。長野県というと軽井沢や佐久の寒さが浮かぶ私にとって意外であった。ここは静岡に近く天竜川幅も広く、空が広く明るいなあ…という印象であった。

明るいのは空だけではなく、訪ねていった中島千鶴さんは、もっと明るかった。これまでの活動を知っているだけ（本を読んだだけだが）にもっと、悲壮さというか厳しさを漂わせている…

となんとなく思っていたのである。

それはもう通り越したというか、心の底にしまい込んでいるいるのかもしれない。千鶴さんはよく動き、よく喋り、よくもてなしてくれる。「ほう」の葉の上に盛り込んだお手製のすしの美味さ。家庭菜園のとれたての胡瓜や茄子、ミョウガなどが薄味に加工されて次々に出てくる。わけても近くの井戸から汲んだばかりの水のうまさ…田舎の豊かさを満喫した。子どもの頃、母の実家で受けた心のこもったもてなし、農村を訪問していた頃、患者さんの家で一緒に食べさせてもらった夕食のあたたかさを思い出した。

午後から、帰国婦人が二人、来てくれて、満州泰阜分村の日々、方正《ほうせい》までの逃避行、方正収容所の冬の悲劇、やむなく満人妻となったいきさつ、帰国までの長い日々、帰国後の苦労などを話してくれた。帰国後20年近く経っているのに、日本語がまだ充分でなく、千鶴さんの通訳が時々必要になる。つっかえると、二人で中国語でやりとりする。ところが、終戦までのことはよく覚えているし、小学校唱歌や軍歌は歌いだすとすらすらと上手に歌うので聞いていて哀しくなってしまう。国策によって、これまでの人生がある期間は中国人、ある時期は日本人とブツブツと切られているのである。

満蒙開拓団は国策として、ソ満国境に関東軍の防波堤として置かれたのに、敗戦後は軍人恩給も出ず、多くの死者と残留者を出し、帰国するために身元引受人をはじめ多くの煩雑な手続きが要る。当然、国が無条件に引受人となり、費用も分担すべきであろう。国民にとって、それが「国」である。そう思うから北朝鮮の拉致問題も放って置けないのである。

ところが国の姿勢は、イラクで捕まった若者3人に向けた「自己責任」論にいまだ終始している。残留婦人の引き揚げも同じである。ジャーナリストを引き取るためクリントンを北朝鮮に送ったアメリカのごとく、国というのはどこまでも自国民を守らなくては落第である。夕食は、その二人がつくってくれた「本場」の餃子。同行の二人の保健師さんと千鶴さん夫妻、合計7人の宴は遅くまで続いた。その日は8月30日。歴史的ともいうべき選挙結果を知ったのはその二人が帰った後だった。

翌日は、村営住宅に住む最後に帰国した女性を訪ねた。結核と肺気腫で在宅酸素療法中であった。ビニールの管を曳きずりながら出迎えに飛び出してきてくれた。次男の妻（中国人）が勤めを休んで看病に来ていた。その前は長男の嫁が来ていたとのこと。なんかひどく感激してしまった。

この程度の病気で、定期的往診を受け、近くに面倒を見てくれる人がいれば、日本人なら東京に住む子供が、仕事を休んでまで何か月も看病に来ることは先ずないからである。日本社会が失ってしまった家族の絆の濃さをこの人たちは持っているのである。その人は生まれ故郷へ帰れて本当に幸せだとしきりに言っていた。よかったなーと思う反面、何か引っかかるものを感じた。

そのことは、帰り際に寄った泰阜村役場で、はからずも村長さんが口にした。
彼女らと一緒に帰国した、あるいはその後呼び寄せられた夫や子供のふるさとは中国である。「こころの傷」というなら、いまはその人のほうが気懸かり、事実また中国に帰っていく人もいる。どこまでやっても、真の解決というものがない…という。国策で二つの国の狭間に落っこちた人たちの救済は、まず、無条件に両方の国籍を与え、行き来を自由にすることではあるまいか、と思った。

この辺で、なぜ泰阜村へ行ったのかを語らねばならない。このところ、私だけでなく仲間たちの間で「これからの5年は最後のリレー・ゾーン」という意識が強くなってきている。15年戦争、そしてその戦争が残した深い傷跡の記録を、次代に引き継ぐのはあと5年しかない！のである。あと5年経つと、語れる人はほとんどボケるか、死んでしまうのである。原爆でいえば5歳未満での被爆者には、正確な記憶はない。

十分体験を語れるひと（少なくとも被爆当時7～8歳）はあと5年経つとみな80歳を超える。被爆者自体を世界遺産に！という運動が巻き起こっている。原爆ドームだけを世界文化遺産にしておくだけでは不十分なのである。文化遺産とは何も輝かしいものに限るまい。人類が引き継ぐべき「負の遺産」として原爆被害を位置づけなくては片手落ちである。早晩死に絶える人をどうやって「世界遺産」にするか。被爆者の語りをヴィデオにし、それを編集しＤＶＤとして残そうという運動がスタートしている。同様に、東京大空襲の体験、沖縄地上戦と集団自決、満蒙開拓団の悲劇、そして何よりも出征した兵士が戦地で何をやってきたのか、それらの体験・語りを、正確に次代に引き継げる期間もあと5年である。

特に急がねばならないのは、兵士の個人の立場からの語りであり、体験である。それだけが歴史教科書問題のけりをつけることができる。

日本で一番多く、満蒙開拓団を送り出し、一番多くの犠牲者を出し、残留婦人の帰国に一番熱心だったのは泰阜村である。そして自らも開拓団として満州へ行き、帰国後は残留婦人の帰国に奔走した中島千鶴さんが健在である。一人ひとりの帰国者を、字による語りではなく映像として後世に残せるかどうか様子を見に行ったのである。

千鶴さんは、明るく、長く咲き続けるマリーゴールドのような人だった。飯田から名古屋へのバスのなかで、これはいける！と私は確かな手ごたえを感じたのである。

（2009年9月）

野分立ち…何も残らず

あっという間に9月が終って10月になってしまった。

9月にいったい何をしたのだろうと思い出そうとするのだが、思い出せない。日記を開いてみるとスカスカで、メモの羅列のようである。なんでこんな日記になってしまったのかとスケジュール表を見た。なんと4週連続、土日が埋まっているのである。8月末の泰阜村行きも含めると5週連続である。土日が3回続けて休めないと「潰れる」(身体不調を起こすか、ポカをやる)ことは経験則でわかっている。今度は「潰れる」代わりに記銘力低下を起こしたらしい、否、感受性を鈍感にして自分を守ったらしい。とても悲しいことや、うれしいことも起こっているからである。

土日は講演や講義なので手を抜くわけに行かない。第一土日は、泊りがけの学習会(保健師への講義・ケース検討会)、夜も9時まで、終わりは日曜の5時というハードなものであった。第二は大阪での「被爆医療交流集会」、第三は、障害者の共同作業所の団体「きょうされん」大会での講演、第四は、癌を克服して職場復帰した友を囲んでの激励会…という具合である。

うれしかったのは、長らくうつ状態で休業していた弟子の一人が「まもなく復帰できそう」と知らせてきたことである。もう一つは孫と大山（丹沢山系）に登ったことである。

孫は、この春、故郷の山へ連れて行ったら、山が好きになりリュックを買ったからどこかへ連れてゆけ、とせがまれていたのである。大山は江戸市民の信仰の山、落語の「大山もうで」でもおなじみである。途中までケーブル・カーで行けるので、高《たか》を括《くく》っていたらひどい目にあった。急峻・足場は揺らぐ大石ばかり、おまけにガスっていて視界ゼロ。小3の孫はすいすいと行ってしまう、こちらは息苦しさより足の筋肉が先に悲鳴をあげた。これではどちらが連れて行っているのかわからない。やっと登頂できたが、あまりの寒さに早々とヤビツ峠へ降り、その先の予定をキャンセルしてバスで下山、ふもとの温泉に逃げ込んでしまった。大山行きは秋の連休の2日目、残りの連休は、家で書き物をするしかできなかった。歩くと足がギギギ、ガガガ状態、急性の身体障害者になっていた。

悲しい出来事は、ギギギ状態のとき、たまった郵便物を整理していたら、大学の同窓会報の逝去欄にF君の名を発見したことである。F君は盛岡一校出身、滅多に帰省もできず、わが家によく遊びに来てはお袋に食事をねだっていた。一番気の合う、気の許せる友であった。

内科と精神科と行く路が分かれてしまったが、長女の誕生祝に駆けつけたときから、また深く付き合うようになった。生まれたばかりの長女は抱くごとに、反射的に体を強直させたのである。そのときは黙って帰って来たが、明らかに脳性まひの兆候だった。その娘は知的障害のほかに、難治性点頭てんかんも伴っていた。

私が主治医を引き受けた。その日からF夫妻の苦闘の日々が始まった。娘は治らなかったが、F君はてんかん協会の群馬支部長を引き受けて頑張っていた。昨年の同窓会のときは癌の術後であった。再発は必至なこと…と教えてくれ、彼とのお別れはひそかに済ませてあったのである。それでも親しい友の死はこたえる。わが身も30％くらい死んだような気分である。

こんな悲しいこと、うれしいことも、日記ではメモのように書いてあるのである。週末以外にも、いろいろな会合や打ち合わせや講演が入っているので、一つ終えたら（すばやく切り替えて）次にかかる、私の一番忌み嫌い、馬鹿にしていた「精神的その日暮らし」に陥っていたのである。忙しくも一つのことに収斂・集中していれば達成感もあるのだろうが、ここへきて自分の興味というか、欲が拡散しはじめ、あれもこれもという老い始めの最悪のパターンに戻ってしまった。それは10月に入っても続いている。

しかし、おかしなことに、日記の中に結構詳しく書いてあることがある。それはＭＬＢ（大リーグ野球）の（ＴＶでの観戦）ことである。私の周りでも「いま、日本で明るい話題は、イチローだけだなー」が通り相場になっている。イチローや松井の活躍も楽しみなのだが、ロバート・ホワイトニングの書いている、野球を通しての日米文化の違い、日本人論が目の前で見られるからである。

大リーグは、日本のプロ野球とは別なスポーツだなあ…と感じる。というのもたぶん恰好付けであって、本心は、日本のプロ野球さえ滅多に見られなかった少年の日、ミッキー・マントルやジョー・ディマジオの活躍していた大リーグなんて夢のまた夢であった。少年の日の夢を朝、早起きして黙々と食っているのである。

突然出現した行動変異にカミさんは戸惑うばかりである。黙って3～4時間TVの前にいるので、そろそろ（ボケが）始まったかな…と時々声を掛けてくるが返事もしない。「お馬鹿芸人の演じるオバカ笑い」に席巻されているTVにしがみつく人と同じ程度の変人ぶりと思うのだが…。

かくして野分は、9月の匂いを何も残さず吹き抜けていった。匂いどころか私の記憶さえ奪って吹き抜けていってしまった。こんな老い方をしてはいけない、しっかりと老いの里程を歩まねばと思うが、なかなか元に戻らない。

ここで悩めば美しいのだが、「ま、こんなときがあってもいいか…」とすぐに自分を許してしまうお気楽さが、私の生き方に備わっている。「ずるい」が「救い」でもある。

（２００９年10月）

柿をもぐ

久しぶりに故郷へ行ってきた。このところ帰省といえば必ず法事である。

今回も義兄の三回忌。すぐ上の姉の亭主なので私といくつも違わない。義兄は出征した長兄が中国戦線で長らく行方不明だったため農業を継がされた。老いた母親はいつも「陰膳」を欠かさなかった。義兄は農業の傍ら、夜学や通信教育で高校・大学を卒業し教職についた。研究好きで、専門は幕末の農民一揆史。そのため定年退職後も各地の郷土史の編纂に携わっていた。

私が42歳にして上京し、代々木病院に勤めることを決めたとき、親戚中の反対にあった。唯一賛成してくれたのはこの義兄である。一番やりたいときに、志を展《の》べることができなかった、自分の境遇が言わせた支持だった。歳が近いこともあって4人いる義兄の中で、一番気が合った。いまは4人ともあの世に逝ってしまった。

42歳まで生まれた家に住んでいて、大学までずっと群馬であったので、私の人生のしがらみのほとんどは群馬にある。遠く離れていると不義理を重ねていることが多い。だからこういう機会は法事出席だけで終わらない。今回は高校時代の恩師を訪ねてきた。去年の夏にめまい発作に襲われて以来、あれほど好きだった旅行も控えている。歩くと、まるで雲の上を歩いているようだという。電話でその都度、相談に乗ってきたが、このところナーバスになっていて、主治医から精神安定剤をかなり投与されている様子なので診察（？）に行ったのである。

恩師のあだ名は「カッパ」である。物理の先生で高2のときの担任教師である。カッパは面白い教師で、クラス全体を自転車旅行（二泊三日）や元旦登山に連れて行った。あとで聞いてみると学業より、クラスの団結、何よりも生涯忘れないような思い出をつくってやりたかった…のだという。私に、根性などというものがあるとすれば、間違いなくこの自転車旅行の中でついたのである。重い自転車にテントや食糧を積み、金精峠（トンネルではない！）超え、日光へいたる280㎞の旅、その後の人生で、何か苦しいことがあると、「あのときの苦しさに比べれば」と、いつも支えになったのはこの旅の完走であった。

元旦登山のとき埋めたタイムカプセルは、21世紀の元旦に掘り出した。クラスの団結は40年以上続いたのである。わが人生に大きな影響をあたえた…ことは間違いない。良い影響ばかりではない。私の母親は、私が高2になってから、再三、学校に呼び出されることになった。「お宅の息子さんが、教室から居なくなると、教室の真ん中の一列が空いてしまう！（一緒にエスケープしてしまう）」「高1まで、全校の模範生だったのに、どうしたのか？」である。母は「（姉たちの）

学校へ行ってほめられてばかりいたが、こんな恥ずかしい思いをしたことはない」と嘆いた。女の中で育って、気弱で品行方正が売りだった私は、カッパの影響で、男の子になったのであり、なりすぎてバンカラ高校生に脱皮してしまったのである。一緒にエスケープした仲間は皆生涯の友になっている。それだけカッパに傾倒し、お宅にまで遊びに行きながら、物理が嫌いで成績もまったく上がらなかった。

高校生から見ると、教師は年上に見えるものである。実はカッパは一まわり歳上でしかなかった。終戦時は横須賀航空隊のテストパイロット。マッカーサーの命令を受領すべく8月16日にマニラに飛んだ特命機2機も彼がテスト飛行したものという。そんなキャリアの違いが、実際の年齢より年上に見せていたのかも知れない。いま、こうして並んでみると、私のほうが白髪で年上に見える。

赤城山を見、榛名山を仰ぐ閑宅で奥さんと二人暮らしのカッパは、私の訪問を心待ちにしていてくれた。思ったより元気で、このところ、めまいも消え、しっかりと歩けるようになってきたという。診察してみると、神経学的にさしたる異常はなく、記銘・記憶も歳相応でしっかりしていた。脳動脈硬化症とそれに基づく血圧変動があるだけであった。めまいは電話で予想を伝えていた通り、脳底動脈循環不全以外考えられなかった。歳とれば誰にも起こることであること、悪いなりに落ち着き・慣れること、寒さ対策が一番大切な予防…と釘をさした。大丈夫というと、すぐに精力的に動き出す人だからである。

お土産に酢橘《すだち》が用意してあった。愛媛の戦友が送ってくれた苗木が育って毎年実をつける、その戦友はもう死んでしまった…と師の話はすぐに戦争中に戻ってしまう。

「庭の柿が食べごろになっている、君が来るというのでまだ収穫してない。都会に出てしまった君は、しばらく柿をもいで食べるなどということをしてないだろう、これから一緒にもごう…」という。たわわに実った柿の木、「あれ!、これ!、その枝の先のが熟している…」と指示されていると高校時代にタイムスリップしてしまう。実はわが家の庭の柿も今年、大豊作で、この間、孫に収穫の楽しさを体験させたばかりなのである。

奥さんの持つ籠にいっぱいになるほど採ってしまったが、ただ、ただ恩師というのはありがたいものだなあ…と思いつつもいでいた。

50年以上あれから経っているのに、そしてこんなジジ(私のことだけど)になっているのに、これだけ心のこもったもてなしを考えてくれる、その上「かわいい教え子」というスタンスにすぐ入っていける…教師っていい仕事だなあと思った。

師からは、ずいぶん前から「俺の弔辞はお前に頼む…」といわれ続けている。重い柿を提げて帰りながら、こりゃ、どっちが先になるかわからないなあ…と考えたら可笑しくなってしまった。

(2009年11月)

Ⅲ．金木犀の一年

金木犀の一年

土曜外来・あるいは金木犀の香り

金木犀の匂いが病院の玄関まで漂ってくる。秋の深まりをこの位感じさせてくれる匂いはない。土曜の昼下がり匂いを辿ってみたら駅前の大樹に行き着いた。１００ｍ以上先である。混みあう土曜の外来診療の疲れと不全感がつかの間、癒される。

なぜ土曜外来が混むのだろうか。もともと土曜外来は、軽快して、働いている人のために設けられている。だから経過がよい人が多く、楽しいおしゃべりができ、こちらも癒される。ところがこのところ、いつでも閑なはずの人が土曜に集中しだした。高齢者である。長年同じ病院で働いているので、私が歳を取った分だけ患者さんも歳をとる。職場の人間関係や家庭の悩み相談に乗っていた人が「いよいよ、今月一杯で定年になります」などと言い出すと「エーッ本当！」とびっくりしてしまう。自分も同じだけ老いたのだと気がつくからである。

土曜外来で増えているのはもうちょっと歳をとった人。判ったことは予想通り、「土曜は電車がすいている」である。足腰が弱くなり、バランスも悪くなると朝のラッシュは危ない。突き倒されたり荷物をぶつけられたりする。私も「急行」を見送って次の「各駅」を狙って乗るので、もっともだ！と思った。次はもっと足腰が弱くなり車椅子は要らないが、杖や付き添いが要る人である。付き添ってくるのも、車で送ってくるのも子供世代…つまり働き盛りである。その人たちが土曜しか休めないのである。土曜外来の急増の一番の原因であった。

近くのメンタル・クリニックへ紹介しましょうか？というとほとんどが拒否する。永く診てもらっているので、くどくど言わなくとも用（？）が足りるから…という。新しい先生に自分（病気ではない！）と家族の気持ちを説明するのは億劫だということらしい。

そういう人たちと交わす話題は、老いと死に終始する。「もうそろそろ死にたい」「いつまで生きなくてはいけないの」である。どんな病の人でも共通である。統合失調症は治まったが、気がついてみれば自分の人生は、「病気との闘いだけだった、何のために生まれてきたのか判らない」という人、うつ病から認知症を併発し家人の助けが要るようになった人、てんかんはうまくコントロールできているが膝関節症で歩くと激痛が来る人、皆同じことを話題にする。それも深刻な顔ではなく、時にはにかみ気味に、時にニコニコ笑いながらである。それも付き添ってきた家族のいる前で、である。

こっちも医者を止めて、同じ老人として相手をすることにしている。

「今年いっぱいでうまく死ねないかね！」といわれれば、「俺なら、折角、政権交代したんだからこの先どうなるか、もうちょっと見届けてからにするがねー」。「後期高齢者まであと4年、その前でおさらば、先生よろしくネ」「冗談じゃねーよ。歳からいって俺のほうが先に死ぬよ」「先生はずっと生きていなくてはいけないの！」「ダメだね。これだけは、医者も患者も平等さ…そう焦らなくても必ず、お迎えは参りますよ。ところで俺は自分の葬式の会葬御礼を自分でやろうと思うんだ」「どうやってさ」「前もってヴィデオに撮っておくんだ。撮影のプロに相談したら、それはいいアイディア…というので近々撮影する。これって商売になると思わない？　君も一口乗らない？」などなど、まあ軽口、掛け合い漫才、お笑いの内に終わってしまう。

茶化しているのではなく、家では無口の患者のホンネの揺れ動きを、笑いの中から家族に理解してもらいたいからである。それは黙って冬の到来を教える金木犀の香りと同じである。

（２００９年10月）

有効期限切れを知る

孫が受験するので合格祈願に湯島天神に行きたいという。小6の女の子である。何でも公立中高一貫校だそうで、驚くほどの倍率である。だが、受験成績順には合格しないとのこと、塾にも行っていない孫にとってそこが一縷の望みらしい。

「仏、ほっとけ」、「神より紙（幣）」の私にすると複雑である。「合格・不合格より、どれだけ努力したかのプロセスが大切…それが人間をつくる」「神頼みは努力の限りを尽くしきって、最後に行うもの」と言いまくるのが常である私が、にこにこして連れて行ったのには自分で驚いてしまった。もう私の肩を越える身長の孫娘が「ジジ・ジジ…」と甘えてまとわりつくのは、これが最後かなと思ったのかもしれない。

聖橋を渡りながら、「なぜ、受験の願いに天神様に行くのか知っているの?」と聞くと「知らない」ときた。「では、湯島天神って誰を祭ってあるのか知ってる?」これも知らない、である。なんかポケモングッズか携帯ストラップを買いに行くような感覚である。歩きながら菅原道真の話をし、日本中にある「天神様」ではなく、本当なら九州・大宰府の天満宮にお参りしないとね、というと、「でも湯島天神が、一番ご利益があるっていうよ」という。うーんと呻ってしまった。これって、おいしいと評判が立てば、寒風のなか行列して食う蕎麦屋や高額当たり籤の出た宝くじ売り場に殺到するのと同じだなと思った。年末マリオン横の宝くじ売り場は警察が整理に出るほどの混みようだが、殺到するのは数ある窓口のうちの一つだった。

湯島天神前にも警察が出動していた。正月も重なってまさに長蛇の列である。最後尾に着けという。ところが行けども行けども最後尾がない。ついに地下鉄「湯島」駅出口まで行ってしまった。湯島天神は境内が狭いので、こりゃダメだ、2時間待ちだな！と覚悟した。その通り2時間寒いビルの谷間でカタツムリの行進をして、境内に入れたが10分足らずで押し出された。その間にお参りをして、お守りを買い、絵馬を奉納し、おみくじを引くのだから忙しい。絵馬代はジジが出してやるけれど、お賽銭とお守り代は自分で出さないとご利益がないよ！という。見ていると誰もがお賽銭に5円を混ぜている。孫も同じである。「（志望校に）ご縁があるように…」と母親に言われてきたらしい。10万円入れて買収するようにという親はさすがにいないらしい。

絵馬はいたるところに鈴なりである。「こんなに大勢から頼まれたら天神様も大変だね。神様も手抜きをしたくなるだろうね」と半ば冷やかすと、「そうかもね…」といったその瞬間、「わー大吉だ！　今年は縁起がいい、ここしばらく大吉に当たらなかったんだ！」とおみくじをみて大声を上げている。まるっきり孫の思考回路についていけない。どうなっているのだろう。

ここ何年か前から高校生の医師体験実習が盛んになり、シーズンになると、ういういしい高校生（ほとんど女性）を迎えている。医学生になってからコンタクトを取ったのでは後継者対策としては遅すぎるという医系学生対策の厳しい経験則から生まれたものである。その前は医学部1～2年生からだった。医学部低学年から実習にやってくるという感覚に私はどうしても馴染めなかった。そこでいつも、「諸君は、必ず医者になる、だから学生の内は医学以外のことに熱中したらどう、医療は人間学であり、医師はチームリーダーをやらざるを得ないのだからだ！」と説いてきた。そのほうが日本の医療を担う医師に育つはずと、殊更、社会科学・哲学を勧めてきた。

だが女子高1年生が病院実習となると話は別である。私の時代、高1のとき医師という職業を決めた人は、決めるにふさわしい魂を揺り動かすような体験をしていた人であった。だから、広く社会を見るのはいいことだと、戸惑いながらも歓迎であった。

ところが実習組から、医学部合格の知らせが次々入ってくるのである。初めから医学部を狙い医師の働く場を確認に来ていたのである。こうなると「…わが身世に古る眺めせし間に」（小野小町）である。彼女たちはいつ、そもどんな動機で医師をめざしたのだろう。

「人間観察人」としては有効期限切れを自覚せざるを得なかった。孫との半日の行動ではこの事実に追い討ちをかけられた想いであった。

当面、孫に弟子入りし特訓を受け、この実習組がどんな医者になるか見届けるまで長生きしようと思った。

（２０１０年１月）

夢の中の夢と本当の「夢」

楽しい夢を見た。品物を求めて故郷の町と思われるところを車で走っていた。看板は違うがこの店ならあるに違いないとひらめいた店に入ってみたら、うれしいことにやっぱりあるではないか！　直ぐに買い求めたが何を買ったか憶えていない。この辺が夢の夢たるゆえんである。

馴染みのこの店は、区切られた奥にもう一つのスペースがある。そこには売り物はなく、趣味の陳列である。蘭や羊歯類の鉢植えがいっぱいで植物園のようである。その奥は広い裏庭になっている。物置があって山羊が放ってある。そして垣根の向こうは一面たわわに実った麦が太陽に当たり金色に輝いているのである。

麦秋！　これこそ私がもっとも好きな、そして活力をチャージできた季節である。雲雀を追い、幼い恋を交わした麦畑…、いいなぁ！　こんなところに住みたいなぁ！と胸がキューンとなってしまった。

建物で囲まれた家に住んでいる現在の自分の不満が、夢となって現れたのだ、夢に違いない、何故なら麦が黄金色に輝きすぎている…と夢の中で思った。

それなら続きを見たいと思ったら、今度は大学生たちと教師が私を囲んで熱心に私の話を聞いている。そこへ外国の研究者が現れ、二人で意気投合してしまう。気づいたら大学生たちが皆、外国の子供達に変わっていて、つぎの講演地へ向かう私を案内している。私はゆったりした満足感に浸っていた。これも夢だろう、ならもっと続きを見たいものだと思った。

そして、次々楽しい夢を、夢と承知で見続けた。本当に目覚めたときはあっと驚いた。大朝寝坊である。顔も洗わず、ご飯も食べず飛び出してやっと遅刻だけはまぬかれた。はぁ！。

私は楽しい夢は滅多に見たことがない。苦しい夢、それも追い立てられている夢、間に合わぬ夢、自分を責める夢、取り繕ってバツの悪い思いをしている夢。他人を罵倒している夢。それらは時間を惜しんで働き・学び・遊ぶ実生活の反映そのものである。

楽しい夢とてこの原則に変わりはないだろう。黄金色の麦穂が揺れる夢も、現在の居住環境に対する不満の顕れであろう。庭というほどの庭もなく、窓も開放し続けられない住居は大きな山々に囲まれた田舎育ちの私にとって、いつまで経っても仮寓でしかない。心くつろぐ外国の子供たちとの語らいも、一度も外国生活を体験していない私のコンプレックスの表出だろう。

しかし、この頃、確かに夢が変わってきているのである。もう一度見たいような夢が増え始めた。このことは何を意味するのだろう。私の生活でこのところ、一番変わったのは睡眠の増加である。

（睡眠）時間を削って働き・学び・遊ぶと体が動かなくなってきた。だから時間があったら、体を労《いたわ》る、眠る。面白いTVもDVDも友との飲みながらの楽しい語らいも控え、眠らないと頭より先に体がしんどくなってしまう。七十路に入ってからの現象なので、多分正常な老化現象なのであろうから誰を恨むわけにもいかない。

楽しい夢は、「誰より先に眠る、時間があれば眠る」という（私にとって）信じられない革命的変化と関係がありそうである。早寝・早起きになってしまったので、あとは目覚めている時間に、いかに密度濃く、働き、学び、遊ぶか、工夫すること…もかったるい。

興味はこの先どうなるだろ…である。眠る時間がもっと増えて、もっと楽しい夢が見られるといいと思うがそうはならないと思う。早起き直後、頭の冴えを自覚するが、さあやるぞ！という意欲を伴っていないからである。どうせなら「邯鄲《かんたん》の夢」（粟を炊き上げる間に自分が生まれてから死ぬまでの夢を見る）を見てみたいものだ。

「胡蝶《こちょう》の夢」（荘子が夢の中で胡蝶になり花の上を、我を忘れて楽しく遊んでいた、目が覚めたら自分が夢の中で胡蝶になったのか、胡蝶が夢の中で自分になったのか分からなくなった）は可能性がありそうだ。この現実と非現実の交錯とは、言ってみれば「せん妄状態」であり、認知症の始まりだけでなく、正常な老人にもある。日中ウトウトっとしたときもこの状態に近い。

私もまもなく「せん妄状態」を経験するだろうと思う。それを自験して論文にしてみたい。これは願望の方の「夢」である。我ながら救い難き仕事人間だなーと思うが…。

（２０１０年２月）

ネコの次

朝、起きると、一番いい椅子の上で横になっている「ヤツ」が、こっちをジロっと見て小さく「ニャ」と鳴く。

王様には逆らえない。「トイレ・メシ」といっているのである。黙ってエサを出してやり、窓を開けてやると「ヤツ」は思い切り背伸びをして、外に飛び出して行く。毎朝のことである。決して擦り寄ってきたり、膝の上に来ない。近づくと逃げてしまう。ジロっと横目で見るだけである。可愛げのないネコである。アメリカン・ショートヘアの雑種である。何代目のネコか忘れてしまった。

前のキジトラは、お客さんの膝にも直ぐ乗るほど人慣れしていた。しかし、「匂い」はどうにも我慢ならなかった。カミさんの方はいつも一緒なので鼻が麻痺しているから平気なのである。そこで私が帰宅する頃を見計らって香をたいておく…それがネコとの共存条件であった。

キジトラが病み衰えたときは、私が減塩食事療法をしたときと一致していたので、ネコと私の格差は目に見えていた。刺身を噛み砕いて与えられている隣で、私は薄口醤油でほうれん草を食っていた。ネコの次ではなく、ネコの下であった。腹が立つより、これって「おかしいのではないか？」思った。ネコが死ねば必ず大泣きされるのも嫌だった。たかがネコではないか。それほど辛いのなら冥福を祈っていればいいのに、直ぐに次のネコを飼うのにはもっと腹が立った。

キジトラが死んだとき、私は厳《おごそ》かに、家長権限を込めて宣言した。「もう決してネコは飼わせない。どうしても飼うというのなら、俺は別居する」と。私は、イヌもネコも嫌いではない。嫌なのは猫可愛がりをするからである。猫界の規範や習性に人間が合わせられるから嫌なのである。人間がネコを飼っているのであって、ネコに飼われているのではない。人間の生活習慣を曲げる必要はない、と思う。

ところがである。私が外出から帰り、鞄や荷物を床に置くと「汚いものを床に置かないで！」と新聞紙の上に置かせるのである。そこでキレてしまう。どこをほっつき歩いてきたが分からない土足の猫は、お咎めなしどころか、ベッドの中に入れているからである。

これはもう科学性を超えた現象、わが子以上の対象である。別居宣言は大人気ないと思ったが、本当は「離婚！」といいかけたのである。

私の患者さんにもペットなしでは生きられない人がたくさんいる。犬猫が飼えずハムスターやインコを命にしている人もいる。それらのペットが死んだときは厳重注意である。孤老や一人住まいだと「あと追い死」しかねない雰囲気がある。そのくらい現在、人の孤立は深い。

宣言以来、カミさんも元気がなくなってきた。生気がないだけでなく、心なし体が萎んできた。家の周りには半野生の猫が3～4匹絶えずうろついている。それをじっと見ている。これはヤバイなーと思った。キジトラの三回忌の前、「三回忌過ぎたら、ネコ飼っていいよ！」といってしまった。

やってきたのが現在の「ヤツ」なのである。いつも家の周りをうろついていたうちの一匹だった。名前は「グレ」。じっと見ていたのは傷心ゆえでなく、次に飼う一匹を見定めていたのである。飼った早々、グレは去勢手術がきっかけですごいストレス性の胃腸炎を起こし、入院して開腹手術をし、やっと命を取り止めた。そのためか、カミさんや娘の気配りや、溺愛は尋常ではない。「ヤツ」がしたくないことは一切させない。

朝、ご機嫌を確認して出勤した娘は、日中電話で、様子を問い合わせてくる。帰れば先ず、「グレ」を探す。1階は全部「王様」の寝室、居間、遊び場、冬の宮殿・春の宮殿となり、私はその片隅を使わせてもらっているようなものである。場所も気配りも私はすべて「ネコの次」なのである。

赤ちゃんコトバを使って「ヤツ」と話している退行状態も腹が立つ。

ハイチや他の難民キャンプ、派遣村の現状が頭から離れない私としては、この「光景」はどうしても受け入れがたい。自分が「ネコの次」だからではなく、厳しい社会現実から逃げているように思えてならないからである。

そのことを若い人たちに聞いて見たら、なるほどと思った。現実が厳しいからこそ、対極の世界（ファンタジー・虚構の世界）を必要とする、いい大人がディズニーランドに夢中になり、オバサンが追っかけをしているのと同じである…という。

私はやっぱり「ネコの次」でいるのがいいらしい。

（２０１０年２月）

クワガタの夏

日曜日の朝、決まって孫から電話がくる。小4の男の子である。

市街地化の波を辛うじてまぬかれた近くの川べりや林へ、日曜の早朝、クワガタを捕りに行くらしい。その成果を伝えてくるのである。

「ジジ、ノコギリクワガタをゲットした！」と興奮した口調で伝えてきたときは、まさか！と思った。横浜で「ノコギリ」が捕れるわけはないと思っていたからである。事実これまではせいぜい「コクワガタ」や「カブトムシ」であった。あとで見せてもらったら大きな「ノコギリ」だった。どうやら父子で穴場を見つけたらしい。本当は孫以上にわくわくしているのは父親の方で、本当は毎朝行きたいのだろうが、勤めの関係で、日曜しか付き合えないのであろう。そのように父親（私の息子）を育てたのは私である。

私が子供の頃、近くの林や川べりのクヌギやナラ、ヤナギの木でクワガタなどはいくらでも捕れた。カブトムシなどは群がっても見向きもせず払いのけ、クワガタを探したのである。早起きしないといなくなってしまうか、ほかの子に先に捕られてしまうので必死だった。そんなときは樹の根元を掘る、あるいは大きな石を幹にドシーンをぶつける。

明るくなると根元にもぐることを知っていたし、樹の上の方しがみついてやつは振動で落っこちてくるからである。何よりも特有な樹液の匂いを憶え、蜂やカナブンが群がって樹液を吸っている箇所を探さなくてはならない。クワガタもカブトもそこにいるからである。田舎の子供にはそんなことは常識であった、と思っていたが、私も初めの手ほどきは父から受けたのである。大きな「ノコギリクワガタ」を捕まえたときのコーフンぶりは今でも思い出す。だから孫の興奮した声も良くわかる。だが本当に興奮するのはミヤマクワガタを捕らえたときである。捕らえたクワガタはひと夏、西瓜やマクワウリで飼うのであるが、コレクションのなかに、ミヤマがいないと仲間に幅がきかなかった。ミヤマは平地ではなく山手に棲息するので、それを得ようとするなら、父の助けが要った。ここなら必ず捕れるという秘密の場所は、こうして父から私に伝えられたのである。

楽しみはクワガタだけではなく、ヒバリやホホジロの雛を育てるのはもっと楽しかった。ホホジロの巣は人が近づくと親鳥の泣き声が変わるので慣れるとすぐに見つけられた。ヒバリの巣は麦畑の中にある。巣から離れたところへ降り、飛び立つのでなかなか見つからない。コツは降りてからしばらくしてからいきなり大声を立てて脅かすことである。あわてて飛び立ったところに巣がある。その巣は浅い穴に枯れ草を敷いただけの粗末なもので、芸術品のようなウグイスの巣と比べ物にならなかった。どうしても捕まえることができなかったのはカワセミである。思えば贅沢な日々だった。

こんな話を何回か孫にしたらしい。クワガタへの思いは私が種をまいたのだから、孫が興奮して電話してくるは当たり前なのである。

息子がクワガタを追う年齢の頃は悲惨なものであった。拠水林は切られ、林は消失し、川はコンクリート護岸となった。耕地整理が進みすべての水路は三面側溝となり、魚もどじょうも棲めなくなった。農薬が大量に撒布され、すべての虫とそれを餌とする鳥たちは姿を消してしまった。『沈黙の春』（レイチェル・カーソン）そのものであった。息子が手に入れてくるのは、それでもしぶとく生きている小さなアメリカザリガニくらいであった。カブトムシもクワガタもペットショップでしか手に入らず、楽しみはカブトムシの幼虫を買って来て育てるくらいなものであった。私は、どうしても、幹に群がっているクワガタを捕らしてやりたいと思った。

そこで父から伝えられていた秘密の場所に何度か連れて行った。歓声をあげて、ミヤマやノコギリを捕まえる子どもたちの姿、得意そうにそれを見ていた日々のことは今も子どもたちとの会話の中で繰り返されている。こうしてクワガタ狂いは息子にも伝わり、上京後、住むところが変わり、独立しても息子のクワガタ探しは変わらないのである。

考えてみると「クワガタ命」は四代、わが家の男たちに続いている。遺伝とはいわないが、連綿と同じ感興と喜びが伝わっているのである。

いまでも私は時々、樹の洞にクワガタが群れている夢を見るのである。五代目はどうなるのであろうか。孫も一時、ポケモンやゲームにのめったが、いつまでも続いているのはクワガタやカメや魚の飼育である。クワガタが絶滅しない限り五代目も「クワガタ命」になるのではないか、と思う。また、絶滅させないよう、自然を守らねばと思う。

今朝も「ジジ、やったー、今日は二匹もノコギリクワガタを捕まえた！」という電話がかかってきた。普通に働き、生活することの幸せとはこういうことをいうのだろうなーと思った。

（２０１０年7月）

老医たちのクラス会

医学部のクラス会があった。１９６2年卒だから、卒後48年である。2年後には50年目を迎える。中学や高校の同窓会でも同じであるが、近況報告は、仕事のことや子供のことの自慢が控えめに語られることが多い。医学部のクラス会なら、研究成果、院長・教授就任や、子供が医者になったことなどである。

それが65歳を過ぎると話題が変わってくるのである。もっぱら自分の病気とその療養話が増え、欠席した友の病状が報告されると皆聞き入るようになる。いつの日からか、開会は逝きし友への黙祷から始まるのが慣わしとなった。

60余名中、12人ほどが鬼籍に入っている。4人ほどは若くして不慮の死を遂げているが、前後の学年に比べて生き残っている率が高いらしい。女性群は全員ピンピンしている。2年前の集まりのとき「次回は黙祷される側になる」といっていたTくんは元気だったが、クラスの誰からも愛されていたH君は癌の再発で亡くなっていた。

私からして、参加の動機は「皆に会いたい、もう会えなくなる…」であった。思いは皆同じらしく、多かれ少なかれ、病を抱えていた。体の不自由な友を労わり、ここだから話せるのであろう「愚痴」に耳傾け合っている。かつてのギラギラした主張や話題はなく、死と親しみ合ってきた老医たちの会話は味わい深いものであった。

クラスのまとめ役だった通称「旦那」(いまも地域病院のボス)のつぶやきは殊に興味深かった。「国は癌撲滅運動といっているけれど、本当に成功してしまったら、一体何で人を死なせる気なのだろう? 不老不死を求められても困る…釈然としないなあ」。公にしたらとんでもない不穏当な発言である。それに、私も癌を病んでいる友も皆、頷いているのである。6年間、青春を共にした仲間、それなりに出世を競い合った仲間たちであるが、50年の歳月が、再び、入学時の打算のない関係に戻してしまったのである。そうでなければ口にできる話題ではない。でも死ぬ病気がなくなったら? 老衰死だけになったら、みな幸せか? という老医の持つ実感が込められているのである。

私たちは60年安保を闘った主力世代である。70年安保のごとく、政治セクトによる主導ではなく、クラス決議に基づいて全員、国会デモやストライキに参加した。留学生や沖縄給費生(当時、オキナワはアメリカ領だった)を外し、「怪我をするなよ!」と医学部長に見送られて国会デモに参加したのである。

戦後、自前の民主主義が育ったのは60年安保である。その息吹を味わった私たちのクラスは、その後の生き方を見ていると、「市井の一医師」の道を選んだものが多い。前後の世代に比して教授や大病院長になったものが少ないのである。「政治に無関心でいようとしても、政治の方は医療に無関心ではない」「誰のための医療か」は暗黙のクラス・アイデンティティー化している。まあ、当時は医学生とはいえ、みな貧しかったことも関係しているだろう。

大学の近くにあったわが家に（亡くなった）H君はよく遊びに来、わが家の「貧しい夕食」をねだり、お袋のお気に入りだった。卒業後、早く開業したが、長女が難治性の「てんかん」になり、思いもかけぬ人生展開となってしまった。彼が選んだ第二の人生は「てんかん協会」の県支部長であった。私の患者さんが、買い物中に、欠神・もうろう発作を起こし、無意識で品物をバッグに入れてしまい、「議員」を辞職するという事件が起こったときは、「障害者と公表して再立候補させせよ！全国から支援部隊を送り込むから！　弔い合戦だ!!」と怒鳴り込んできた。

街一番の大商店のお嬢さんであったA女史も、早く開業したが、住民を組織、近くの工場排水公害と闘い続けて勝利した。さらにヘリによる農薬散布中止を県議会に求め、ついに実現させている。いまは果樹などに散布する農薬、ネオニコチノイドがもたらす中毒と闘っている。二人とも「いわゆる」活動家ではない。

翌日、朝食後「お前、体に気をつけろよ！」という友のコトバを素直に胸に落として家路についた。なんか「ほっとしている」自分がいた。

次は2年後、東京か横浜でということになった。幹事のひとりを引き受けたので、それまで現役を通そうという気になっている。

医者になってちょうど50年、そして金婚式でもある。いい目標である。

（2010年7月）

恋人って何？

若い患者さんと話していると、それって「恋人」かなあ!?と思うことが多い。もっとも「恋人」という言葉は使わない。「カレシとかカノジョができた」と表現する。「恋人」とは、きわめて自明性の高い日本語である。ちなみに、自明性とは「右・左」「上・下」のごとく、定義できない、定義しなくてもわかっている…という意味である。

だから広辞苑でも、「恋人」（恋しく思う相手・おもいびと）と素っ気ない。も少し丁寧に言えば、恋人とは、「相思相愛・一緒にいたい・できれば伴侶になりたい人」であるが、しかしまだ「結婚にまでいけるかどうかは、不定の人」といえるであろうか。だからより関係を濃くしゴールにたどり着けるよう双方が努力中である。

男女とも、みっともないところは隠しながらお互いの理解をより深いものにしなくてはならない。したがって恋人関係は決して安定したものではなく、癒しと緊張が混在し、小出しの探り合いがつきものである。デートのときは半ばよそ行き、まだ他人同士なのである。何でもさらけ出すことが当たり前の家族や、無防備な退行が当たり前の母子関係と、ここが決定的に違うはずなのである。

ところが、最近の「恋人」は違うらしいのである。

「相思相愛・一緒にいたい」は同じだが、「どういう間柄になったら、お互いを〈恋人〉と認め合うか」が違うのである。小出しに自分を出しながら、受け入れられる間柄ではなく、100%自分をさらけ出しても受け入れてくれる間柄にお互いがなったら、「恋人」であり「カレ」になるのである。

それは、母子関係にとても良く似ている。幼い頃、母に全面的に依存していた頃と同じ安全感・安心感をいだける関係である。しかも出合ってかなり早くから、そういう関係を求めようとする。

ジジ（私のことだけれど…）の感覚からすると、恋人になっても、結婚しても、子供ができても、孫ができても、相手に100%さらけ出す…そのことで安心を得るなどということはできなかったので、ただただ、うらやましい。それができれば「恋人」は母子依存より強い絆であり、揺ぎない生涯の伴侶へと実を結ぶはずだからである。ところが、外来診察で見ている限り、あまりうまくいかないのである。

第一に、そんな人を見つけるのが難しい。合コンや集団お見合いでは、そこまで相手を見分けられないし、相思相愛になっても、いきなりカミング・アウトできるものではない。カミング・

アウトし合って、深い安全感を共有し合っても長続きしないペアがほとんどである。

それはそうであろう。80％相思相愛で舞い上がっている、その勢いで自分を全部さらけ出し、受け入れられた！と「錯覚する」からである。相手のすべてを受け止め、受け入れる力には個人差がある。まもなく、どちらかが相手の「幼児のごとき」要求を受け止めきれなくなる。

そうなっても、いまどきの若い人は人間ができているというか、残酷に振舞えないというか、辛抱強く耐えている。しかし、やがて抱えきれず破局を迎える。そして別れた「恋人」を「元カレ・カノジョ」として引きずりながら「母子関係」を共有できそうな次の相手を探すのである。

このハナシは20～30歳代の人を頭に置いて書いているのだが、恋人関係に内包される、母子関係的共依存関係は40歳代にも及んでいる。お互いのカミング・アウトに耐えられ、それが長続きしている場合である。母の懐に抱えられたような感覚を双方が得られれば、それは素晴らしい。

ところが、その「素晴らしさ」が今度は裏目に出てしまう。その世界を守ろうとすれば、そこへ他者を踏み込ませてはならないからである。親、兄妹、友人を踏み込ませれば世界が壊れてしまうから敬遠・排除する。そうするとどうなるか？　二人だけの世界を守れば守るほど、結婚までは踏み切れなくなる。子どもをつくるなんてとんでもない。つくったら二人の世界は終わりであるとわかっているからである。

何歳になっても、恋人同士で、結婚しない、あるいは結婚しても子供をつくらないという社会現象の一因になっているような気がしてならない。現代の恋人関係が共依存関係を内包しているということは、こう考えてくると、きわめて深刻な事態とジジは考えているのだが…。

やっぱり歳をとりすぎたかなー。

（２０１０年10月）

ああ、誕生日

「彼岸花その赤色に引きこまれ」(和枝)。

この花が咲き出すとカミさんの誕生日が近くなる。4月1日という日に結婚したので、結婚記念日は忘れたことがない。ところがカミさんの誕生日はすぐに忘れてしまう。それは愛情の問題ではなく、育ちのせいだと、居直ることにしている。

一番誕生祝をして欲しい年頃は、日本中が貧しかった。しかも8人兄妹だったので、誰も誕生日など祝ってもらえなかったのである。誰の誕生日も、ご馳走もプレゼントもない「ケ」の日だった。変わったことといえば「○歳になったのだから、もっとしっかりせにゃいかん!」という父親の言葉くらいであった。結婚しても同じで、カミさんの誕生日も自分の誕生日も「ハレ」の日と意識したことはなかった。

ところが世の中、次第に変わってきて、カミさんの誕生日を忘れるということは犯罪的とはいわないが、夫婦の間の「大問題」という風潮になってきた。そうなったら、さっと素直に「祝いのセレモニー」をやれれば私も美しいのだが、照れくさくてそうはうまく変身できない。そこで真っ赤なバラを一本、誕生日に買って帰るという何とも中途半端なプチ変身でお茶を濁してきた。これで真心は伝わるはずだし、安上がりだしと独り決めして長いことやってきた。

これではヤバイのではないか、と考え出したのは、誕生日を忘れたとか、安いプレゼントでお茶を濁された…ということが発端で深刻な夫婦の危機に陥り相談にくるカップルが増えだしてからである。ちょうどその頃、わが家では子どもの進学や転居などが重なっていて自分たちの誕生日どころではなかった。したがって、あいも変わらずバラ一本が続いていたのである。

我ながら横着だと思った。その後もますます、「誕生日忘れ」は重罪視される世の中になってきているのだが、うまくしたもので私が忘れても子どもたちが覚えていて、娘が花を買って来たり、倅がやってきて肩を叩いていったりするようになった。そのため、もはや「赤いバラ1本」の出番もなくなってしまった。そのうちに孫が手づくりのプレゼントと、たどたどしいメッセージを送ってくるようになると、様相は一変し、カミさんは大喜び、ジジが何もしなくても気にも留めないという望ましい時期が続くようになった。シメシメ…というわけである。

私の誕生日にも孫から手づくり品が届くので満更でもない。ところがやはり、そうは問屋が卸さないのである。孫の成長は早いからである。ババの誕生祝に心をこめた手づくり品…などという時期はあっという間に過ぎる。次は、電話で「おめでとう」といってくるだけの年齢になってきている。こうなるとまた、ジジの出方が問題になる状況が来てしまったのである。

いまさら赤いバラ1本というわけにいかないので、ここ数年は、近くの安い、静かなレストランを予約して夕食をとるのが恒例になってしまった。特別話題が弾むわけではない。いつものファミレスでの夕食と同じである。違うのはリクエストすると専属のピアニストが曲を弾いてくれることだけである。数年前、調子に乗って「As time goes by（時の過ぎゆくままに）」（映画・カサブランカの主題歌）を頼んだら、若いお嬢さん（ピアニスト）は知らなくて、困らせてしまった。以来リクエストはやめている。

ところが今年は、誰も注文しないのに、そのメロディーを弾いている。どうやら、同じくここで誕生祝をする年寄りがたくさんいるらしい。ピアノのおねえさんはきっと一生懸命旧い曲を覚えたのだろう。カミさんのお気に入りの「煙が目にしみる」もリクエストしないのに流れてきた。

あと少しで私もカミさんも喜寿である。そして金婚式である。そのときこそは大変身して華々しいセレモニーをということもチラッとよぎるが、やはり、いまと同じ「普段着」の誕生日になるだろうナー、そのほうが自分らしい…第一それまで生きているかどうかわからないのだから、それがきたとき考えればいいやと思い直した。外へ出ると雨が上がっていた。金木犀の香りがほのかに漂ってきた。「金木犀香り引き寄せ深呼吸」（和枝）。

この連載が始まって1年経ったのだなーと知った（俳句は私の患者さんの自作句集から引用）。

（2010年10月）

Ⅳ．逝きし人と残りし人

逝きし人と残りし人

南無観世音菩薩

ひとりの被爆者の死

片山文江さんが亡くなった。今朝（平成22年1月30日）である。

26日朝、昏睡状態で私の勤める病院に運び込まれて4日目である。26日の様子から、主治医も私もおそらく今夜いっぱいと判断していたし、そう家族に伝えていた。今にもとまりそうな呼吸なのだが心臓はしっかり打ち続けて予想を外れる頑張りを見せた。私は、残念ながら臨終に立ち会えなかった。昨日（29日）出勤時、自転車で転倒し、右半身を強打、病院までたどり着いてレントゲン撮影の結果、骨折はなかったが歩けなくなってしまった。早退を決めて片山さんの病室を訪れたのが午後3時ころ…それがお別れになった。訃報は主治医が電話で知らせてくれた。「本当に…眠るがごとく逝った、微笑むような、安らかなお顔だった」と。私は思わず「ありがとうございました」と電話機に頭を下げてしまった。病棟のナースたちの心配り、主治医のうまい痛みのコントロールがなければ、彼女のこんな輝いた死への日々はなかったからである。「私もあんな素晴らしい患者さんを受け持てて幸せでした」と返ってきた。

片山さんは20歳のとき、広島で被爆している。1キロ以内の近距離被爆である。その日引越し予定の妹さんを手伝いに来ていた。閃光から彼女を救ったのは一枚の壁である。偶然、壁の中に入ったとき「ピカ！」が来たのである。

お腹中には妊娠4か月の赤ちゃんを宿していた。家の下敷きになった妹さんを引き出し、布団をかぶっての逃避行、黒い雨に打たれ、その雨が滝のように流れ落ちる道を登って神社へ非難、神社は負傷した人であふれかえっていたが、それ以上にびっくりしたのは、広島の町が消えていたことだったという。さらに逃避行を続け、可部線の最終列車に引き上げてもらい、実家へと向かっている。

市外へ生徒を実習に連れて行っていた夫と再会したのは、その翌日である。お決まりの急性症状に悩まされ、何度か生死の境をさまよっているが、その都度、偶然のようにストマイなどが手に入り生き延びている。熱心な門徒であるが、その幸運は神仏のせいではなく、偶然に過ぎないという。そこに片山さんの哲学がある。目に見えぬ大勢の方のおかげで生かされてきたのだから、不運にも薬が手に入らなかった人の分まで生きねばならない。どんな辛いことがあろうと、生きているだけで「感謝、感謝」と、にこやかに笑いながら手を合わせる様を見ていると、まるで観音菩薩を思わせた。

　ところが、この観音さまがやってきたことは「慈悲の御手」を差し伸べるのではなく、どこでも、いつでも、勇敢なピースファイターであった。早くから被爆者の団体をつくり、反核運動を続け、語り部となっている。死期を宣告された後のインタビューでも核廃絶のために役立ち続けたいと自分の体験を語り続けた。

「原爆投下は終戦を早め、何百万人のいのちを救った、と教えられ信じているアメリカ国民をどう想いますか?」と聞いたら「国民を少しも恨んでいません。しかし、原爆投下は決して許せません。戦争は国事行為です。(日米)国家は謝罪するべきです」とキパッと答えた。さらに、「今の一番の願いは?」と聞いたら、「私たちを三度殺さないでください」と答えた。投下時に一度、生命体としての死が二度目、三度目の死とは「人類史上初めての原子兵器で地獄を味合わされ、その後、あらゆる後障害に苦しめられ、貧困や偏見に苦しみぬいた私たちがいたということが忘れ去られること」だという。「美しい銀髪と慈顔」と「語る内容の重さ」とのギャップに、私はしばしば呆然とさせられたものである。

コスタリカでの出会い

こう書いていると片山さんとは長い付き合いのような気がしてくる。私が片山さんを知ったのは2年前である。コスタリカで開かれる世界反核法律協会のシンポジウムに参加する一行に二人の被爆者がいたのである（片山文江さん、山田玲子さん）。口でいうほど被爆の実相を知らない反核法律家の大物にカツを入れるため参加を請われたものとみた。日本からの一行の半分は便乗観光客であった。実は私も、ストレスで日常生活が詰まってきてしまって、恒例の日本脱出組であった。狙いはバード・ウォッチング（本書「コスタリカの風」に収録）。

ところがコスタリカ到着早々、団長の心臓がおかしくなってしまい、にわかに随行医師に組み込まれてしまった。団長から離れられないので、現地の要人（元大統領夫人や受け入れの弁護士・教授）の表敬訪問や打ち合わせ、ことに被爆者の出番の設定場面などに立ち会う羽目になった。初日から被爆者は大歓迎を受けたが、歓迎だけで、彼女たちが用意していった資料や原稿を使っての訴えの場面がほとんどなかった。TVはヒバクシャきたる！という話題だけであり、招かれた大学でも向こうのペースで事が運ばれて、思いの丈を訴えることが十分できなかった。

そこで実行委員会に申し入れて3日目の午後、「ヒバクシャ」のセッションを作らせた。そこでも片山さんと山田玲子さん二人のヒバクシャは、わざわざ出席してくれたことへの感謝のスピーチと花束で迎えられたが、用意した半分も話すことができなかった。それでも、はじめて聞いた地元の学生や同時通訳の方々は感動していたが、肝心の法律家たちの魂をゆすった気配はなかった。

被爆者の後は、私の「ヒバクシャの心の傷」についての解説だったが、私は予定を変えて、二人の被爆者は半分も語れていないこと、語りたくても人前で語れない記憶を抱えていることなど他の人の例を引いて説明した。私の後は横井久美子さん（シンガー・ソング・ライター）のトークショーで、峠三吉の詩「にんげんを返せ」がアメージング・グレイスのメロディーで披露され盛り上がった。

さあ、これからというところで、セッションは打ち切られてしまった。お馬鹿な外国の女性弁護士が会場になっていたホテルでうたっていたコスタリカの男性歌手を気に入ってしまい、我々のセッションを削って横井さんの歌のあとに出演させてしまったのである。

飛行機で1日以上かけて飛んできて、お役に立てないで…とつぶやく片山さんを慰めようもなかった。80歳を超えた被爆者が自費で参加しているのである。せめて半日は被爆体験を全体で傾聴する、あるいは公開講座を開くくらいの企画があってもいいではないか！　会の終わり頃には、もし元大統領夫人のカレン女史の肉親を気遣うようなもてなしや心配りがなければ、二人の被爆者は半ば失意のうちに帰国することになったろう…など、バード・ウォッチが目的だった自分を棚に上げて怒っていた。

片山さんはいつもニコニコ、ありがとうと合掌するので、いつしか皆から「観音様のようだ」とたわれ、ことに観光目的で参加して観光を堪能した若い娘たちの心を掴んでしまっていた。

死を前にした輝き

帰国後も片山さんといろいろなところで出会うようになった。

5月の連休、幕張メッセであった9条世界会議、ピースボートが世界一周の旅に100名の被爆者を招待するや、これに参加（9月）、付き添いを申し出て同室で参加したのは、コスタリカへ一緒に行った若者、青森聡子さんだった。世界中を見てきたい、などということよりも、船内の若者たちに、そして寄港先の人々に被爆者の声を届けたかったからであろう。途中、船が故障して乗り換えるなどして、予定を遥かにオーバーした旅だったが元気で帰ってきた。付き添いの青森さんによれば、思いのほか被爆者としての出番が少なかったようで、それを気にしていたという。

片山さんの不調が伝わってきたのは、翌2009年の7月末である。前にメラノーム（黒色腫）と診断され手術をしていることは知っていた。この癌は再発より転移が多く、転移すると早いのである。癌研で検査したところ骨転移が起こっておりもはや、手術も抗がん剤も難しいと、おおよその余命も告げられたらしいという。

8月前から、「被爆者と語る会」などでお会いしていたのだが、いつもの通りの観音様であったのである。

『癌研への入院は叶わず、次の入院先への紹介状を持たされて帰ってきた。私どうしたらいいでしょう』といってきたが、どうにかならないか」とすぐに池田真規弁護士が電話してきた。被爆医療の専門家、園田久子先生に相談に乗ってもらった。できるだけ在宅で頑張って、いよいよという時は代々木病院に入院という手はずをすばやく立ててくれた。

この事態は「被爆者と語る会」の内容を一変させた。本来この会は、ヒバクシャが体験・教示したエッセンスを「現代のバイブル」「般若心経」化しようとしていた。被爆者こそ未来人類の具現者であり、預言者であるとの認識の上に立っていたからある。被爆の実相を語れる人が次々死んでいく。残された時間は多くみても5年である。生き残っている人は幼時被爆で、しっかりした記憶がない方か、老いて記憶力低下した人になってしまうからである。被爆体験と、その後の人生を、後障害を、原爆症認定裁判記録を、被爆者の闘いの歴史を、到達した反核の哲学を、総合的に、生で、映像で、語りで、音声で、文字で、後世に残そう、それをユネスコの世界記録遺産に登録させせよう！と舵を切り替えたのである。その手始めとして、片山さんの語りをＤＶＤ化しようとなり、映像づくりのプロの参画が求められた。

第一回の収録は8月27日、練馬のスタジオで行われた。5時間以上かかった。体調を気遣って切り上げようとするのだが、まだ大丈夫！といって話を止めない。

いま考えてみると、このときをおいて十分語れる日はもう来ないことを予期していたようである。これだけ撮ってもプロの目からしてみると、穴が多くもう一回補充撮影をしたいという。私も全部見てみたが、繰り返しが多く、肝心な部分（たとえば被爆直後）の語りにもう一つ迫真性がない。言語化できない、もっと深い心の傷となる出来事に遭遇しているのではないかと想像した。

この5年間は「記憶のリレー期間」という思いは被爆だけではない。沖縄地上戦、東京大空襲、満蒙開拓団だって同じである。満蒙開拓団の悲劇、ことに逃避行中のわが子殺しや、現地人の養女となって結婚し子供を生み、それでも故郷が忘れられず、夫・子連れで帰国した人たちの記録も同じである。そんな人に会いたくて8月30日には長野県の泰阜《やすおか》村へ中島千鶴さん（84歳、満州で看護師となり、帰国後、保健師となり、同じ村出身者の帰国運動に取り組む）を訪ねた（本書「マリーゴールドの花」に収録）。

私の周りには癌と闘っている友人が何人もいる。しばらく音沙汰がないので電話してみると、ホルモン療法が効いていま具合がいい（前立腺がんのI氏）、「急に腫瘍が消えてしまった！」と喜びの声を伝えてくる友（食道癌のH氏）、定年直後末期胃がんが見つかり余命2年といわれている元同僚（S女史）などいろいろである。癌に慣れっこになっている私ではあるが、黒色腫は油断がならないといつも肝に銘じていた。

安らかな死とは

片山さんが胸痛と倦怠を訴え入院してきたのは11月末である。病室を訪ねるとぐっすりと眠っていることが多い。これは鎮痛剤のせいである。目覚めているときは、話はクリアーカットで、いつもの観音様である。撮影クルーから要望の出ていた追加撮影が可能かどうか、主治医と相談したら、鎮痛剤に伴う吐き気がある、それに慣れれば可能である、できれば自分が付き添うといってくれた。それに対して、世界一周のクルージングに同行以来、孫娘同様の間柄になっている青森聡子さんから厳しい抗議があった。「普通に家族に囲まれて死なせたい。先生、自分の肉親なら被爆者として死なせたいですか！」。

参ってしまった。しかし、片山さん本人は、「すべてしゃべって次の世に伝えたい、それがこれまで生かしてもらった私の義務ですし、願いですから…」というのである。ナースたちに聞いて見ると痛みがあっても、いつもしゃきっとしていて、弱音をはかない。我慢強い、自律的な人…」という。ホンネは聡子ちゃんのいうように「お世話になっている先生方の要望に応えねば…」かもしれないが、彼女の一生を支えてきた理性・哲学は、撮影に応ずるべきと判断しているのである。どっちの方が片山さんとしては安心できるのだろうか、否、安らかに死ねるのであろうか？

私は後者に賭けることにした。

12月2日、鼻から酸素を吸いながら撮影開始。質問は限りなく絞っていたが、話し出すと熱中してきて酸素を外してしまう。内科の病室での撮影は無理なので静かな精神科外来の私の診察室を使った。婦長さんが付き添ってくれ、途中から主治医も参加した。この場合、監督は私で、片山さんの話に繰り返しが多くなったのを見てストップをかけた。2時間ほどである。撮影は後日、もう一度おこなった。

その後、片山さんは痛みのコントロールがうまくいって退院となった。クリスマス、できれば正月も家で、家族と過ごしたい、過ごさせたいとなったのである。25日、主治医から片山さんの胸のレントゲン写真とCTを見せられた。入院時、小さな転移が一つあるだけであったが、1ヵ月後のそれは転移陰影で埋め尽くされていた。主治医は「まるで昔の粟粒結核の様…」といったが私には「胸が牡丹雪状の死の灰で覆い尽くされている」様に見えた。「この状態ですから、退院はしたものの年内再入院もありえますのでベッドは確保しておきます」「それにしても、しっかりした方ですね、こんな例、初めてです」と驚いていた。

余命は2週間、長くても1月末までと告げられていたのである。

片山さんにとってこの退院は長年の苦労に対して仏様が与えてくれた最後のご褒美だったようである。娘さん（被爆時、体内に宿っていた生命）や孫たちに囲まれてクリスマスを祝い、正月を祝うことができた。この期間に曾孫も授かっている。病院から、様子はどうかと聞くと、痛みもなく、食欲旺盛なのでこのまま家にいたいということであった。

新年早々、私たちは、今後片山さんの撮影をどうするか相談した。ピースボートで世界一周したときに撮影されていたものがあることが分かり、それと山田玲子さんら片山さんをよく知る被爆者や内部放射能被爆の研究者の語り、代々木病院の主治医やナースたちの解説や感想を補充し、これ以上の撮影はしないことを決めた。

最後の日々

ところが思いがけなく、片山さんから「お礼がしたいので」と、17日（日）に自宅に招かれてしまったのである。連絡が来たのは15日である。次の会合日を決めるのにいつも四苦八苦する忙しいメンバーばかりである。池田弁護士をはじめとするコスタリカ組のほかに撮影クルーも入った9人である。それが全員、指定の時間に集合したのである。観音菩薩の神通力としかいいようがなかった。

元気で会えるのは、これが最後とこちらが最大限努力しても全員集合は奇跡としかいいようがない。枕辺にご主人の遺影を飾ったベッドで横になっていたが、起き上がって身支度を整え、酸素チューブをつけたまま、集まった9人の前に出てきて、長い間いろいろお世話になり感謝・感謝ですと例の合掌を繰り返すのである。「これは片山さんのお別れのコトバだ」と直感した私たちは返すコトバもなかった。娘さんによると食欲もあり、好物だとお代わりの催促をするし、抱えて手を引けばまだ歩けるという。しかし、見ていると椅子に座っているだけ苦しそうで少しずつ肩がずり落ちてきてしまう。「まだまだ、言い残したことがたくさんある、伝えて欲しいこともいっぱいある…」と撮影クルーに催促をしているのだが、その先が出てこない。直ぐにベッドに戻ってもらい、一人ひとりが枕辺でお話をすることにした。本当に心残りだが、医者としては皆に短めに切り上げてもらうしかなかった。

前日、私は73歳の誕生日だった。子供や孫からプレゼントをもらい、夕食をともにしたが、その日の日記は、老いの辛さで埋め尽くされていた。老いの日々は出過ぎてもいけない、遅れてもいけない、周りの流れに委ねつつ輝くことが求められる。せっかちな私は、それが「老いゆえの停滞」と感じられてイラつくのである。なぜなら無表情に、遠慮なく「時」は流れていくからである。招かれて片山さんに会ってから「俺は、まだまだだなぁ…、タメのない人間だなー…」と反省、しきりであった。片山さんは私に一番厳しかった次姉とおなじ齢なのである。

ついに怖れた日がやってきた。1月27日、出勤してみると、片山さんがこん睡状態で救急外来に運び込まれていた。昨夜から痛みを訴え、胸をかきむしり、エンモヒ（塩酸モルヒネ）を追加して飲ませたら落ち着いたが今朝から応答しなくなってしまったという。胸のレントゲンは「ぼたん雪」どころか、癌で覆いつくされ真っ白であった。必死に呼吸をしている、一分間にわずか

8回、見る見るうちに死が押し寄せていた。

夕方には親族が全部呼ばれていた。暮れに招かれた人たちも夕方には集まってきた。消燈までベッドサイドで腕をさすり、脈を診ていた私は、突然30年前に引き戻されてしまった。30年前のちょうど今日、命尽きんとしている母親の脈を取りながら看取りをしていたのである。母は29日の早朝逝った。雪の朝だった。それもあってか、片山さんも今夜が峠と思った。消燈まで残っていた4人（池田、田部の両弁護士、青森聡子さん、コーディネーターの嬉野さん）と近くの蕎麦屋で夕食をとった。5人で片山さんの壮絶な生き方と輝いた死への日々に感激の杯を挙げた。

片山さんの最期の日々を感性豊かに書きつづるにはまだ日が浅過ぎる。彼女が残してくれたもの、指し示してくれたもの…についても同様であろう。しかし、これだけはいえる。

片山さんの死までの日々、出来事は、これまで、とかく実態・目的・企画があいまいだった「ヒバクシャを世界記憶遺産へ」キャンペーンを静かに優しくプッシュし続けたのである。気がつけばキャンペーンは具体性をおび、実行段階に入ろうとしているのである。成功させなければ片山さんの信託というか、信頼に応えられないという気にさせられているのである。

観世音菩薩は偉大なるオルガナイザーだったのである。合掌。

（2010年1月31日）

再び、死について——七十路の修羅

旅先でたおれる

今年（2010）4月24日の宵、私は気の合った仲間との会食を終えようとしていた。場所は、箱根の強羅である。

早めに始まったので、7時にはデザートが出た。それを食べ終えた途端、右肩に痛みが走った。四十肩ならぬ七十肩様の症状を抱えていたので、また痛み出したか、と思った。ところが、続いていきなり心臓が痛くなった。半端な痛みではない。心臓が二つに裂かれ、立方体のような痛みの塊が二つ、踊っている。それでも部屋に戻って横になったが、痛みはおさまるどころか、ますます激しくなる。じっとしていられない。まさに七転八倒である。これは教科書に書いてある通りの心筋梗塞の症状である。ただごとではない！と思ったが、その時、私は心筋梗塞を起こしたとは思わなかった。

なぜなら八日前、心筋梗塞を防ぐため狭窄部にステントをいれたばかりであったからである。

ステントとは血管を拡げておくための網目状のチューブのことである。３月の検査で、心臓後壁の回旋肢（心臓をうるおす冠動脈の一つ）起始部に強い狭窄があることがわかり、５月のニューヨーク行（国連ＮＰＴ〈核拡散防止条約〉参加のため）に備え、このステントを入れたのである。

意識ははっきりしており、かえって過覚醒状態であったが、あまりの痛さに、どうすべきか、判断できなかった。仲間は皆、医療関係者であったので、すぐに救急車が呼ばれ、浴衣のまま救急車に乗せられた。受け入れ先を探しながら、救急車は国道を下っていく。そのやりとり、受け入れ先が決まらない様子がよく聞こえる。どこでもいいから「痛みだけでいいから、早く楽にしてくれ！」とばかり、思っていた。

病院の救急部に運び込まれ、すぐに処置台に載せられた。そこの医師に、これまでの病歴、３月からのステントを入れるまでの経緯を語った。精悍な顔をした中年の医師は、すぐに見当がついたようで、すぐにその場での手術開始をスタッフに命じた。それからは戦場のようであった（らしい）。とても家族の同意書は待っていられないと、本人同意書にその場で、仰向けのままサインさせられた。早速、大腿部を剃毛され、消毒される。その途中、娘との電話がつながり、処置台の上に乗ったまま、事情を話し、カミさんとすぐに来てくれるよう、頼む。

あとで娘から聞いた話によると、「とにかく、早く病院に来て欲しい」という一方的な連絡で、事情がわからず、「死体と対面する」ことを覚悟したという。

開始してまもなく、「思ったとおりです、回旋肢起始部が詰まっています」と告げられた。なんと、閉塞防止のために入れたステントが（凝血で）詰まってしまったのである。「これから、再灌流を図ります」と言ってなにか始めた。「原因がわかりましたから、いま治療を開始しています、直ぐに楽になりますからね」とナースが言ってくれるが痛みはなかなか取れない。あとで聞いてみると、凝血を溶かしたり、バルーンで開けた穴を広げたり、ステントの形を直したりしたらしい。始めてから30～40分したら、少しずつ痛みが和らいできた。「終わりました！」といきなり告げられ、そのまま病室へ運ばれた。心臓カテーテルは留置したまま、点滴はぶら下げたままである。予想通り、そこはＣＣＵ（心臓集中治療室）であった。そこではさらに点滴が追加され、酸素吸入器・尿バッグがつけられ、サチュレーション（血液中の酸素濃度を測定する）と心電図のモニターがつけられ、いわゆる「マカロニ人間」化されてしまった。

痛みはまだ残っているし、身体は固定されているし、これでは今夜は眠れないな、と思った。手術中に到着したカミさんと娘は入室できたが、最後まで、付き添ってくれた仲間とはそこでわかれた。もう11時半になっていた。楽しみにしていた旅行を台無しにしてしまって申し訳なかったなー…と思った。

娘によると、病棟ナースから、私のことをいろいろ聞かれたという。中でも「入院すると、方向が分からなくなったり、取り乱したり、興奮したりする人がいる。そんな傾向は？　性格は？」

と聞かれたという。「うちの父に限ってそんなことは絶対にありません」と答えたら、「どのご家族もそうおっしゃるのですが…」と全く信じてもらえなかったという。

翌日からの体験は、看護婦がそういうのも無理がない…ことを教えてくれた。発症が7時、手術開始が多分、8時半くらい、あとで調べたら救命のギリギリの時間であった。夜おそく、主治医がやってきて、「CPKが1万を超えていた（CPKとは筋肉が壊死《えし》する指標）、思ったより重症だったので、今後不整脈など起こす可能性がある、ステント入口をバルーンで直しておいたので、多分大丈夫と思う。機内やニューヨークで起こしていたら大変だった。結果オーライと考えてあきらめるしかないネ」と笑った。

私の後に同じような患者が6人運び込まれたという。土曜日の夜である。そのタフさにあきれてしまった。カミさんたちは病院近くに宿をとる…と、12時過ぎに引き上げた。娘には、明日、第一番に被団協に電話して6日後に迫っているニューヨーク行きをキャンセルするよう、頼む。これでも100名近い被爆者の随行医師として参加するので、責任があるという思いより、早く旅行社に伝えないとすでに支払った旅行代が還ってこないという思いの方が強い。我ながら現金なものだ！と思った。

結局、一睡もできなかった。痛みも残っているが10本ほどの点滴や酸素吸入、各種モニターがついているので身動きできず肩や腰が痛い。しかも窓越しに夜勤ナースたちが絶えず見ているし、時間ごとに採血にまわってくる。どうですか?と訊《き》いてみると(CPKは)順調に下がっています…と教えてくれた。CPKとは筋肉が障害を受けたとき血中へ流出する逸脱酵素のことで、この数値が下がっているということは、悪くなっていない、快方に向かいつつあるという意味である。

一安心なのだが私の頭は「過覚醒状態」のままであった。いろいろなことが系統的に浮かび上がってくる。それはこの病と私の歴史であった。

心筋梗塞との付き合い

心筋梗塞を起こしたのは初めてではない。60歳超えてから軽い狭心症が始まり、いつかは心筋梗塞に移行するだろうとは思っていた。だから9年ほど前、夜中に胸の痛みで目を覚ましたときも、あわてず自分で、自分の病院の当直医に連絡した。指示で救急車を呼び、入院した。そのときは心電図に異常なく、胸のレントゲンから肺炎ではといわれたが、翌日の血液検査でGOT、CPKの軽い上昇(1000以下)があり、検査したところ回旋肢の下流が閉塞していた。ところが長らく狭心症(血管が閉塞しかかっている状態)をやっていたので側副動脈が発達していて、閉塞で壊死する予定の部分をカヴァーしていたのである。

バルーンで閉塞部を開通させる手技の適応かどうか、虎ノ門病院でセカンド・オピニオンを受けたら、五分五分といわれたので、即座に放置することに決めた。降圧剤を使いながら、食事療法、運動療法を自分流に始めた。食事療法はままならなかったが、運動負荷は順調に行きテニスは元通りになり、山も低山なら登れるようになった。

2年後、転居し自分の病院から遠いところに住む破目になり、ここが終の棲家になるので、また発作が起こったとき駆け込める病院を地元で探していた。テニス仲間のアドバイスを受け、信頼にたる病院に移ることができた。

データ（血管撮影のＤＶＤを含む）を見た新しい主治医は、「技術は日進月歩、いまならこの閉塞部に簡単にステントを入れられます」「側副血管でカヴァーされていますが、逆流より順流のほうが、無理がありません」というので2年ほど前ステントを入れてもらった。その結果、ますます、体の調子がよくなり、治療医も私もウハウハであった。体重がジリジリと上がりだし、糖尿病専門医からいつも注意を受けていたが、職場検診では何も引っかからなかった。

そして1年半が過ぎた。ステントを入れた後の様子を見るために…と軽い気持ちでこの３月検査を受けたところ、回旋肢の起始部に狭窄が発見されたのである。

「死」以上に考え込んだこと

まんじりともしないで私が考えていたのは、はじめ放置しておいた閉塞部にステントを入れたことの可否であった。誰に聞いても逆流を順流に直したほうがいいという。しかし、不自由なままで、それなりに順応・安定していたのを、あえて順流に直したことが、上流に新しい閉塞を生んだ原因とは考えられないか？ということであった。

　ステント挿入技術の発展は良く知っているし実際飛躍的に多くの命を救っている。しかし、待機主義というか、悪いなりに心臓任せにしてしまったほうがいい、そのほうが次の閉塞を生まないのではないか？　精神科などでは、その人が持っている「治ろう」とする力を大事にするし、それを育てようとする。それが良かったかどうかは、きわめて長期予後調査を待たねばならない。循環器内科で、カテーテルを使った冠動脈疾患の治療が始まって、まだ15年ほどである。目ざましい救命効果の陰で、このような見方が忘れられてはいないだろうが、どれだけ注目されているのだろう、主治医に聞いてみようと思った。

　もうひとつは1週間前のステント挿入術にテクニカルなミスはなかったのかどうかである。挿入が難しい場所であることは分かっていたし、なかなかうまくいかない様子は、（全身麻酔ではないので）術者たちのやりとりからわかかっていたからである。しかし、これは確かめたところで、すでに栓塞が起こってしまったことなので詮ないことでもあった。

　4月25日、朝早く、思いもかけず医局秘書がやって来る。所用でたまたま、近くに来ていて連絡を受けたという。特別許可をいただいて、入室してもらい、科長・院長に当分休むことの連絡と、これから1か月間、私が引き受けている講演や講義・会議のキャンセルを頼む。近くのビジネス・ホテルに泊ったカミさんと娘がやって来て、肩や腰をもんでくれる。

11時頃、倅一家が駆けつけてくる。面会は二人ずつ、小学生以下はダメという決まりだと言う。倅と入ってきた孫娘は、マカロニ人間化したジジの姿に涙ばかりこぼしている。かわいそうだが仕方がない。倅と嫁には遺言状のあるところを教え、この際一読しておくよう、言う。妙なところばかり気づくので我ながらあきれてしまう。「今回は死なないから予行演習のつもりで、親父の遺言を見させておこう…」と思ったのであろうと後になって気づいた。

主治医がやって来て、昨夜、不整脈の出方も少なく、CPKも順調に下がっている。他に梗塞部はないので…とカテーテルを抜去、その部分を1kgの鉄の錘で圧迫する。これがまた痛い。3時間後、鉄をはずしてくれたが下肢は固定したままである。とても寝つけず、常用の眠剤（ユーロジン）をもらうがダメ。手持ちのものを追加したが、明け方にウトッとしただけである。

4月26日、目覚めるとすべてにわたって楽になっていた。この調子ならこれまでかかっていた病院に移ってリハビリすることもできる、といわれる。昼近くにやって来たカミさんと相談すると、「この病院にいたほうが良い」という。遠くて家族が面会に来るのが大変と考えているらしいが、わが家（横浜・港北区）からこの病院（小田原）までタクシーと新幹線で35分で着くと言う。そんなに近いとは知らなかった。

かかりつけの病院に戻れば、職場から見舞いが来るだろうし、命は取り留めたので、ニューヨークへ行ったと思って、ここで人知れず療養するほうがいい…と決める。ニューヨーク行きの代金は全額戻ってくると連絡があったというし、ちょうどいいや…と、ここでリハビリも済ませてしまうことに決める。順調ということは、私はこのCCUのなかで最重症患者ではなくなったということである。午後、隣の二床室に移された。すべてにわたって狭い。ベッドも硬い。隣人は数日ここにいるらしい。地元の人らしく、親族の面会が多い。

夕方、主治医に時間をとってもらって、先の疑問をぶつける。順流に直したのは正しい…ということだった。テクニカルな問題はわからない。この手の栓塞は0.5％起こる。今日にも同じことが起こる可能性が消えたわけでない、という。一晩考えたことが馬鹿みたい…にばっさりと切って捨てられたが不思議に説得力がある。この病院でのリハビリはOKという。リハビリ計画表がすでに来ていて、この日、ステップ2（半座位）からステップ3（腰かけて足踏み3分）まで進んだ。隣に人がいることもあってなかなか眠れず、また眠剤をもらう。

どこにいても「活字中毒」と精神科医気取り

4月27日、6時に目覚める。眠った感じがしない。頭は、相変わらず過覚醒状態である。朝食…食欲なし。婦長さんに看護婦さんたちが使う循環器病看護学（できれば、図表とマニュアルの多い）教科書を貸してくれるよう頼む。いまさら勉強でもあるまいと思うが…。

昨夜も不整脈は起こらず、点滴がだんだん減っていく。尿量が少ないのが気懸かり…といわれる。それに入院して以来排便がない。昨日に続いて、今日もあったかいタオルで全身清拭をしてもらう。なんとも気分がよく、生き返ったようである。

この旅で読むつもりで持って来た『しがみつかない死に方』（香山リカ）を読み出す。面白い。死をまぬかれたばかりの身であることを忘れてしまう。しかし、ひっきりなしの血圧測定・検温・点滴交換・モニターチェックなどで中断されて集中できない。「活字中毒」が復活したということは、生へのベクトルが動き出したということであろう。

娘がやって来て、マッサージをしてくれる。ペーパー・ドライバー克服のため、教習所へ通いだしたという。どういう心境の変化なのであろう、きっと親たちを病院に運ぶとか、ネコを病院へ連れて行くとか、近未来、自分に降りかかる事態を想定しているのであろう。

何人かの友人・仲間へ連絡を頼む。それは、プライベートな会合や研究会、お遊び関係である。特に8月予定の恒例「無人島キャンプ」（小学生50人余とおこなう奄美の孤島での7日間の生活）を請け負っている大蔵さんに、今年は行けない…と伝えるよう頼む。随行医師として行くのだが、この状態では酷暑の生活に耐えられるまでに回復しないし、無人島で再発したら大変なことになる。代わりの医師を探すのは（7日間拘束なので）大変と思ったからである。娘が「ｉｐｏｄ」に落語を入れて持って来た。そのほかに、文庫本を何冊か持って来てくれた。さすがに良くわかっている。

手伝ってもらって5日ぶりに髯をそる。ここのナースたちの動きはテキパキとしている。言葉遣いも丁寧だし、よくここまで鍛えたものだと感心する。病院スタッフの接遇の悪さは、最近どこでも問題になっており、努力はしても、なかなか合格点がもらえないのが実情である。

4月28日、昨夜も眠れず。隣のベッドの処置、自分の心電図やサチュレーションのモニターが外れては直されで、なんとか眠れたのは1～4時までの3時間くらいであった。右手から管が取れて大分楽になる。主治医が来て「尿の出方が悪いが…まあこんなものか…」と言って取り付けている酸素や点滴などの管をどんどん外していく。最後に残ったのはヘパリン（血液凝固阻止剤）、これだけはあと2日…と言って帰って行く。婦長さんが「看護のための最新医学講座〈№3〉循環器疾患」（中山書店）を貸してくれた。厚くてテーブルでないと読めない。すぐに疲れてしまって娘が持って来た落語にいってしまう。馴染みの古典落語なので、ニヤニヤしてしまうので、困ってしまう。ここはとっても「笑っていいとも！」という雰囲気の場ではないからである。

午前中、リハビリステージ4。廊下往復1回（ナース付き）である。その後、全身清拭、病衣も代えてもらう。

午後、倅の嫁が来る。倅が明日、主治医との面談の約束を取り付けたという、やるもんだ！と思った。そこへ医局秘書が同席したいと伝えてきたが、「無理だろう、なぜなら面会一つとっても、家族だけだし、ここは、代々木病院の院長・管理部から電話で挨拶だけしてもらってくれ」とFAXで知らせる。案の定、主治医が来て、「代々木の院長から病状の問い合わせがあったが、家族以外知らせられない、まして電話では…」と断った旨知らされる。原則正しいのだが、個人情報保護法の厳守は、ものごとをギクシャクさせる。嫁とこんな形で、二人だけになるのは初めてなので、いろいろなことを話す。遺言状のことや、預金は、孫のためになされているので、必要なとき使うこと…など。

嫁が去ると、隣のベッドの人も去り、私が窓側のベッドに移る。もとのベッドには新しい人が入って来る。先ごろ退院したばかりの人らしい。雨の中、庭先で倒れているのを発見されたという。心臓病の上、雨で低体温症を起こしている。明日は導尿管とヘパリン点滴を外すと通告される。窓から見えるのは厚木バイパスだという。

4月29日、昨日、隣に入った人は、大鼾をかいて寝ている、そのくせ目を覚ますと「眠れない！」と訴えている。眠れないのは当方で、眠剤でダメ、鼾《いびき》対策で耳栓してもダメ、消灯過ぎてもダメ、隠し眠剤を追加する。ところが今朝、目覚めたら、5時30分。7時間以上眠っていたことになる。気分すっきり、気力が充実しているのがわかる。絶えずあっためまいもない。やはり眠らなくてはダメである。ナースがやって来て導尿管を外してくれたので、早速、動いてみる。トイレに行くとまずまずの量の大便があり、余計スッキリする。外は雨が上がって上天気、沖縄でいう「うりずん」である。

倅と娘が来る。9時から主治医と面談の約束という。最後のヘパリンが外れ、点滴は（いざという時の血管確保は残しているが）ゼロとなる。さらに気分が良くなり、溜まっていた大便が次々と出る。隣人は別のところに移って行き、隣に新しい人が入って来る。自室で転倒、意識消失、気がついたが全身的に管理が必要だという。隣人の主治医が来て、「明日外来で検査をする」と言って帰って行った。どうやら隣人は、「検査」ということだけ頭にくっついてしまったらしい。その直後から落ち着かない。モニターコードや点滴を引きずって動き出してしまう。止めるナースに検査に行くと言ってきかない。尿を漏らす、便意で起き上がる、TVやラジオをつけたり消したり、と一晩中騒ぎがやまない。明らかに、軽い意識障害を起こしている、否、時間と場所の見当識がおかしくなっている…のである。こんなところにいきなり入院したら見当識がおかしくなるのも無理ないが、行動化してしまうのは外来主治医の一言である。

こんなところで精神科医をやることはないと思ったが、ナースについ、アドバイスしてしまった。おかげで一晩中眠れず、眠りつくと隣人の騒動で起こされ、ほとんど一睡もできず。

4月30日、本来なら、今日、ニューヨークへ向け成田を立つはずであった。外は春の空。その下に霞む山々。右肩があまりに痛いので、蒸しタオルをしてもらう。朝食、食パン2枚、マヨネーズのようなペースト、味のない野菜・煮物…食塩6g食である。

隣人が話しかけてくる。昨夜のことは何も覚えていない…。自分の商売のこと、昔語りなど…。どうやら不整脈があり、脳動脈にクリップがかかっているらしい。私より重症である。とても人のいい老人（といっても私より若い！）である。

自分の病院（代々木）に連絡、倒れる前、肩の痛み精査のため撮った頚部のMRIの結果を教えてもらう。異常なしとのこと。主治医来りて特別室Bが空いたという。室料差額(市民は半額)が発生するが移るときめる。リハビリステップ6を終えてから個室（特B）に移る。CCUからの生還である。

身体の回復と魂の回復

5月1日(土)、朝5時30分　実にスッキリと目が覚める。これまで身体が生き返った実感があったが、今日は精神というか魂がもとに戻った感じ。カーテンを開けるとおだやかな春の空、霞む山々、右手の尖った山は先ごろ孫と登った大山らしい。さらに右手には相模湾が黒々と盛り上がっている。残っている検査は核医学的検査だけである。今日からリハビリだけ、それも簡単なものなので自分でやれる。夢に見た、「あり余った時間に囲まれた日々」となる…と思うとうれしくなる。

ニューヨーク行以上に、私に取ってグリニッジ標準時から抜け出せる世界である。それを楽しむために、やってしまわなくてはならないことを片付ける。そのためにパソコンが欲しい…が生憎この病室には備え付けられていない。久しぶりに原稿用紙代わりの便箋に手書き原稿を書き出す。月はじめ締切りは三つある。自分の病院新聞のコラムと東京民医連共済新聞に連載中のエッセイと「つばさ通信」連載のエッセイである。構想を練っていたので一気に書き上げてしまう。それをやって来た娘に託しFAX送信を頼む。夕飯はうどん、麺好きなので、やった！である。とこれが味薄くてがっかりである。今後ずっと減塩に耐えなくてはならないのだなー！

この日から、私はゆったりしたこの個室で、あり余る時間を持て余しながら過ごした。MLBを見ても、『1Q84』を読んでも、救急車に同乗してくれた尾立先生が送ってくれたCDを聴いても、その世界に乗れなかった。検査では予想通り回旋肢還流領域の心筋がかなり壊死しているという。呆《あき》れるほどよく眠り、朝も夜も寝てばかりいた感じである。もう自宅療養で大丈夫と主治医がいい、もとの病院への診療情報提供書を持たせてくれた。

5月8日、医師と看護師に深々と頭を下げて退院をした。土曜なので玄関がしまっており、外来救急入り口を通って外に出た。2週間前搬入されてきた道筋を逆に辿ったので生還記念に写真を撮る。外はこの2週間の間に初夏へと移行していた。

家に帰ると、聞いていたとおりネコが痩せていた。娘に言わせると「グレ（ネコの名）が身を削ってお父さんを守ったのよ！」である。馬鹿な…とも言えず、そうかそうかと頷き仏壇に線香を上げた。自分でも思いがけない行為である。自室のベッドで一休みしているうちに、俺がアラームを新たに取り付けた。ボタンを押せば居間やカミさん、娘の部屋で警報が鳴る仕組みである。

「死」について考えていたこと

この記録は、日記代わりにつけていた大判のポストイットのメモから作成した。個室に移ってからは、ポストイットではなく普通のノートを日記代わりに使った。個室に移ってからの記載は面会に来てくれた方々や、医局秘書との診断書や休暇の扱い、代診手配、退院後の治療継続のことなど、きわめて現実的なことしか、記録されていない。CCUにいる間、ポストイットに書けなかったことも多い。その第一は「死について」である。

今回のことは、客観的に見れば自分の死が目の前に迫っていたのである。ところが「自分が死ぬかもしれない！」などということは一度も考えなかった。考える閑がなかったわけではない。激痛が始まってから大丈夫とわかるまで3時間はあったのである。考える能力を失っていたわけでない。気は失っていなかった。むしろ頭は過覚醒状態で、考えは高速回転していた。これまでの治療歴も順を追って医師に話せた。だが、頭を占めていたものは、「早く、早く、この痛みを止めて!!」だけだったのである。カテーテルを使った冠動脈疾患の治療法がなかった時代なら「痛みを何とかして！」といっている間に死亡したのである。

医者になりたての頃、前の小父さんが胸をかきむしりながら、呻り、苦しむ傍らでなすすべもなく座っていたことを思い出した。小父さんはかかりつけの医師が来る前に、はたっと静かになりそのままだった。

恩師、江熊要一先生は後輩の結婚披露宴で、主賓挨拶中「胸が苦しくなりました」を言って、私の目の前に崩れ落ち、息絶えた。医者同士の結婚だったので出席者も医者ばかりだった。群がって蘇生を試みたが、そのままであった。49歳であった。37歳であった私は、以来49歳を超えるのが怖くなった。それで54歳のとき生意気にも『死の育て方』(三五館)を書いた。その中で私は「死はそれがいよいよ来たときに考えればよい・それまでの詮索は無用のことなり」と結論付けている。今でもそのように思っているのだが、その場合の死とは、死ぬとわかってから死ぬまで、少なくとも1日、2日はある状況を想定しての「たわごと」だったなと思った。

分秒を争う死との遭遇(事故や戦場や心臓病など)では、何もすることができないのである。

当時、父母の死因や自分の健康データから、自分は「脳梗塞・出血で死ぬ」と思っていたので、恩師の突然死に遭遇しているにもかかわらず、家族や友人などに看取られることもない死を書き忘れていた…と思った。対応策として、リビング・ウィル(生前の意思表明)や遺言書(遺言としては無効だが、葬儀のやり方まで書いたもの)、日ごろから、いざというときの手配りを家人と相談しておくことが、一層重要になったなと思った。これは治療が終わり、痛みが取れたときに最初に浮かんだことである。頭ははっきりしていても、思考野がいかに狭小化していたかがわかる。

次に、浮かんできたのは、人の生死なんて、漂う落ち葉のごとく、着地さえままならぬものだという思いである。これは状態が落ち着いてきてから浮かんできたことである。ここでも私は、死というものを、病み、自分も病と闘った上での終着点として捉えていたのである。考えるまでもなく、いま自分が生きてここに横たわっているのは、偶然の積み重ねなのである。

もし仲間が救急車を呼ぶのがもっと遅れていたなら、運び込まれた病院が別のところだったら、この病院に優れた循環器の医師がいなかったら、いても不在だったら（土曜の夜だった）、私は死んでいたのである。私の生死は、いくつもの「たら、れば…」の上に委ねられていたのである。その一つでもマイナスの方向にふれていれば命はなかったのである。それは運が良かったでは済まされないことである。

我々の生死とは本来そういうものなのではあるまいか。感染症で若くしてバタバタ死んでいった時代はほんの50年前である。循環器病に限らず、医療技術・救命技術は長足な進歩を遂げたけれど、やはり、本来「死は、タラ、レバ…の領域にある」と思う。私が、箱根ではなく、無人島キャンプ中とか、ヒマラヤ・トレッキング中なら…アウト！である。

現に日本なら死ぬはずのない病気や怪我で、バタバタと人が死んでいく国がある。死というものを「運・不運」ではなく、ある程度コントロールできるものだという「不遜な考え」を私は身に着けていたようだ。私より一回り上の世代、戦場を体験した世代、国から死ぬことを運命付けられ覚悟した世代なら、命をもてあそぶ運・不運、ままならなさを感覚的に知っていて、日々「生き、死に」と向き合っているはずである。「生きているだけ」の幸せを忘れ、生にも死にも注文をつけ過ぎる自分は、傲慢だったナ…と思ったのである。CCUにいる間、メモできなかったが、一番考えていたのはこのことだった。

死生学はやはり、癌死をモデルにし過ぎているのである。癌で死ぬことは、もっとも幸運なのである。突然やってくる死、あるいは意識喪失は、私の周りにも稀でなく日々起こっている。心臓死だけでなく、くも膜下出血死（あるいは、それによる意識障害）は、私の病院でもおなじみである。私より若い職員に起こっている。これはたまらないだろう。

「ポックリ死」願望は、十分老いた人が言う科白である。それも突然死ではなく、やはり発病して2、3日後の死を考えているのである。「ボケて、垂れ流しになって死にたくない」「ながーい死に方は嫌だ、他人の迷惑だし、自分のプライドが許さない」がポックリ願望の根底にあるといわれているが、本当にそうだろうか。私の病院では退職者が、病を得ると治療を受けにやって来る。私がかつて仕えた院長や専務、婦長たちである。

颯爽とした現役時代を知る身としては、見ていてたまらなくなる。決して粗末に扱われているわけではないが、若い職員はその人たちの現役時代を知らないわけだから、格別な思いで接するわけではない。元院長・専務として特別扱いしているゆとりもない。殊にぼけ気味で衰えていくばかりの人を見ていると、自分もこうなるのだ…と考え、たまらなくなってしまうのである。

ポックリ死願望は、長い死を嫌うのでなく、「自分なりの尊厳を失わない死」「自分らしく死にたい」が保障されないことの裏返しだとわかる。だからポックリを否定しない。しかし、ポックリでも瞬間死では困るのである。病みはじめてから3日ほど、できれば1週間ほどで死にたい…はずである。ところがポックリなどと言っている間もない死がいくらもあるのである。それにどう備えたらいいのであろうか。「もう思い残すことはない、やるべきことはやった」と思い、痛みもなく、集まった身内に「ありがとう…」といって「自分らしく」終えるような虫のいい死なんてないのである。

その後

旅先で倒れてから、6か月になる。6月から馴らし出勤、7月から通常勤務に戻した。といっても午後はほとんどフリー、土曜日外来は閉じた。いきなり全部の外来患者さんを手許に戻せないので、60歳以上の方のみ診ることにした。私が「自分が診なければ…と思う人」でなく、年齢で選ぶことが「一番患者さんが納得してくれる」というスタッフの意見があり、自分もそう思ったからである。いまは56歳以上になっている。

戻ってきた患者さんから、ねぎらいの言葉をかけられる日々である。どちらが患者かわからない。鏡を見て、自分でもわかるくらいゲッソリとやせてしまったので無理もない…と思っている。何時また梗塞が起こるかわからないのであるが、その不安はほとんど湧いてこない。私の関心は毎日の生活の改善に向けられていたからである。新しいところに梗塞が起きないような体質にするための第一は食生活の改善である。病院からは1日「食塩6g、1800キロカロリー」といわれていたが、それでは運動不足で肥ってしまう。それで1400キロカロリーと自主目標をたてた。しかし、食塩6gは難しいのである。いま我々が口にする食糧は半製品か、完成品である。それにはすでに食塩が入っているからである。例えば食パンの中にもたくさん入っている。スーパーマーケットで食品を買うとき、食塩表示を一つ一つ確認してみると、半製品を買って来たのでは無理だとわかる。素材を買って来て自分で味付けをするしかない。パンもわが家で焼く、しかないのである。これではカミさんがとても大変になる。

行き着いた策は、朝食は市販の食パン1枚と野菜サラダと、牛乳、プレーン・ヨーグルト、昼は病院の食養科から「透析患者用の食塩6g食」、夕は病人食を宅配してくれる業者と契約した。もっとも頭を悩ませたのは、リハビリである。安静を保つだけではダメで、少し負荷をかけていかなければならない。負荷が強すぎると逆にあぶない。このあたりの按配を、その人の職業や勤務内容や性格を勘案して個別指導するほど、いまの循環器内科は閑ではない…ようである。大切な分野と強調するがそこまで手が回らない…と判断した私は、勝手にトレーニング・メニューを作って始めた。

ところがうまくいかない。理由は二つである。

この夏は酷暑であった。とても外を歩くわけにはいかないのである。もう一つは、低血圧がひどくて「動く気にもならない」のである。殊に立ったり座ったりで血圧が大きく変動し、立ちくらみやふらつきが来る。横になっているのが一番楽なのである。血圧が、臥（80／60）、座（90／70）、立（100／80）ではどうにもならないので、入院以来飲んでいた降圧剤や利尿剤を一気に切ってもらった。そうこうしている間に手足の筋肉がかわいそうなくらい細くなってしまった。暑さの中でも筋肉や心肺機能を高めるには？と考え、近くのトレーニング・ジムに入会した。私より高齢な人がたくさんいて、安心したが、相変わらず「予定以上頑張ってしまう」自分は健在だった。私が時速５kmで歩いている隣で、颯爽と時速10kmで走っている女性がいると、こちらも６kmにあげてしまうのである。

遠出は止めようと、講演を頼まれても首都圏だけにした。それも座って話すことを条件に引き受けた。飛行機に乗ったのも９月末になってからである。その代わり、これまで放置してあった身辺整理をせっせとやった。身辺整理といっても店じまいではなく、本や論文にしようと思って残しておいた資料の整理をし、書きかけた文章を仕上げ、後輩に対する助言や自分が考えている今後の精神科外来の方針などを文章化した。自分の年表をつくり、最後に書こうと思っている「組織論・運動論」に関する中澤語録をつくり始めた。

かくして、いろいろな企画が六つくらい同時並行で動き出している。肝心な死に対する備え、具体的には遺言状の書き換えはしていない。私が死ぬとわからなくなるわが家の歴史に関するもの（例えば祖父や父母・叔父伯母の写真）に注釈を書き加えたくらいである。

この6か月間の自分の行動を見ていると、「生き急ぎ」に一層拍車がかかった、といえる。これも一つの死に対する備え（殊に突然死に対する）である。そういう意味でこの春の旅先の出来事は、生をも死をも変えたといえる。

10月はじめ、6か月前の閉塞部がどうなっているか、検査した。体重は10kg下がり、職員検診の結果も良好、毎日トレーニングしているのだから、シネアンギオ検査（造影剤を使う血管連続撮影）でもいい結果が得られる…と確信していた。ところが逆であった。まったく同じところがまた狭窄してきていて、なるべく早く再手術、であった。同じところが狭窄しているということは、内皮細胞がステント内に入り込み埋め尽くしているということである。そのこと自体は、生体の正常反応であるが、入れたステントは内皮細胞が入り込まない薬でコーティングしてあったのである。3週間後、再入院してバルーンで拡げることになった。それまで過重な運動、遠出は中止！といわれた。

バルーンで拡げても早晩また狭窄するはずである。そうなったら、ステント内にさらに高性能のステントを入れるという。その先は？多分、バイパス手術である。これを受ければ、取り替えた血管は10～15年は狭窄が起きないという。そこまで保障されてしまうと、気が楽になるが、今度は何で死んだらよいのであろう。残りは脳卒中か癌しかないのである。

季節外れの台風の日、治療を受けた。とてもうまくいきました！と主治医がまず喜んでくれ、それを聞いたカミさんや娘が大喜びしてくれたが、その効果が一時的であることを知っている上、生きる執着というか、生きている間にやるべきことをたくさんつくってしまった自分は「台風一過・秋晴れ」という気分になれなかった。


（2010年11月）

V. 冬のパンセ

冬のパンセ

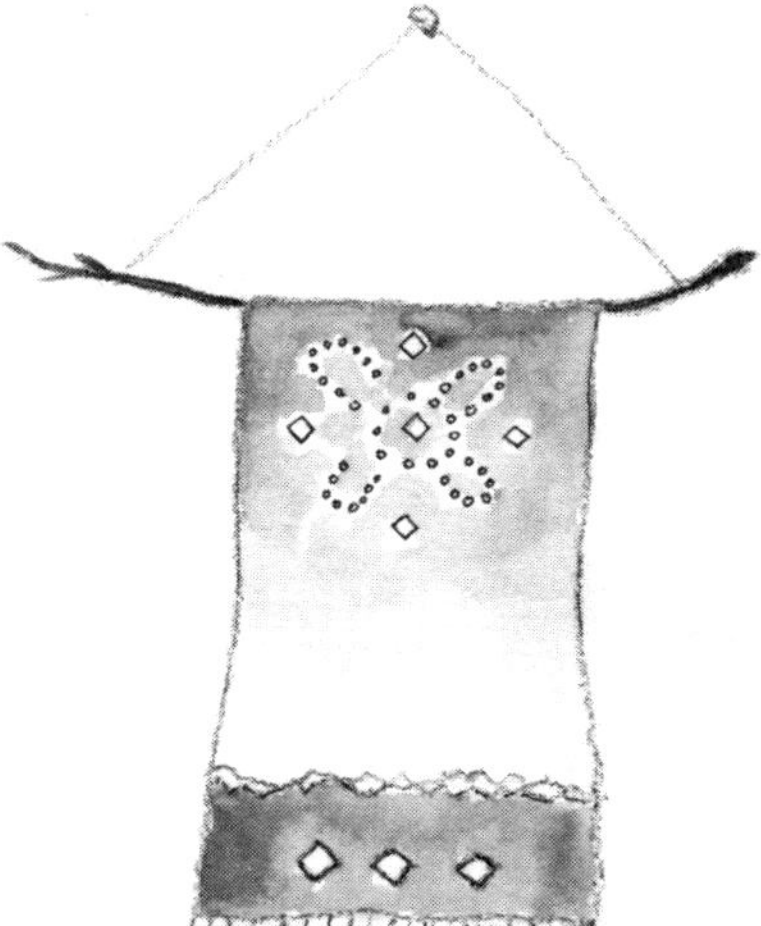

パンセ（仏：pensée あるいは Pensées）とは、
日本語で「思索」、「思考」の意味を指す。

冬のパンセ…現存在の変容

東京に来てから、冬を実感することが、ほとんどなくなってしまった。12月の半ばまで神宮外苑の銀杏は葉を落とさない。今年は例年にない見事な色づきかたである。全部散ってしまうと、お正月という感じである。家も人も、一転して冬支度ということがない。病院、わが家、通勤電車、すべて暖房へスイッチを切り替えるだけ、外出もオーバーコートさえ着たことがない。厳重な寒さ対策、それを促す山々の冠雪もなく、いくら着込んでもしばれる寒さもないとなると、冬の思い・寒さが中心に座った生活の想いが生じない。

それらは遠い昔のことになってしまった。身を切る空っ風やその中で駆け回っての野荒らしや「どんど焼き」などは、遙か子どもの日々にさかのぼらなくてはならない。冬だけに限らない。四季それぞれの区切りを喪失してしまっている現代は、過ごしやすいが不幸な時代といわねばならない。便利さと快適さの変わりに、感性や「区切り」を失っているからである。

それではならじ、とこの一年、「いま、ここで…」楽しむことに心がけてきた。しかし、終わってみれば相変わらず「スケジュールをこなしただけ」という思いが強い。あとに何も残っていないのである。とってつけたような私の「いま、ここで…」主義などは世の中の動きがそれを許さないし、それ以上に「習い性となっている」私の「前もって備え」主義がそれを許さなかった。

この一年、政権交代を初め歴史的なことがたくさん起こっているのに、私にとって通常の一年と少しも代わらないのである。私の一生は精神をはじめ障害者の処遇改善の闘いと括れる。その点から言うと、障害者自立支援法の廃止、後期高齢者医療の廃止の可能性が見えてきた画期的な年であり、被爆者の訴訟は勝訴の連続、オバマさえ「核廃絶」を言い出した歴史的な年である。もちろん、例年に増して、その方面で走り回ってきている。だがなんとなく空しいというか、わが手も、いま歴史を動かす歯車を廻しているという実感が乏しいのである。民主党が迷走しはじめた…からではない。私の「現存在」の変容からであろう。

「いま、ここで…」主義は、私の視野を大きく広げたが迷いももたらしている。

カミさん流の買い物行動を楽しむ、天気の良さに誘われて海を見ながらコーヒーを飲むためだけに外出する、などという、どうってこともないが私にとって革命的なこともやったし、ＷＢＣや相撲・美術展へもよく足を運んだ。これまで忙しさを理由に目をふさいできた世界を知るごとに、これまでとってこなかった行動様式をとるごとに、生じてくるのは焦りなのである。

こんな面白い世界があるのにと…それにのめって行ってしまいそうな自分がいた。のめるのを必死に止める自分がいた。のめってしまうと、これまでやってきた障害者処遇改善の闘いを忘れてしまいそうだからではない。そういう個人的な楽しい世界と悲惨な障害者の世界が現時点で共存している社会の奇妙さに気づくからである。双方の世界に片足ずつかけると、自分が股裂き状態になる不安もあったが、何よりも他の世界を楽しむことにより、本来のテーマについてなすべきことが、あれもこれもと思いつくからである。それに気がついて、生じる焦りなのである。

もう一つは、体調である。この一年さしたる病もなく過ごせた。しかし、風邪を引くごとに肉体的な衰えを痛烈に感じるのである。この商売の哀しいところである。例年通りの風邪なのに、立ち上がりが悪い、疲労感が取れない、気力がなかなか戻らない。11月の風邪のときは経験したことがないことが起こった。食欲がない（39度でもどんぶり飯を食う人なのである）のである。気力がない、抑うつ気分がわいてくる。病臥しての状態ではなく、解熱して出勤してからの状態である。典型的には癌末期の体力・抵抗力のない状態に似ている。医者ゆえに風邪の立ち直り加減で「基礎体力」の低下がわかってしまうのである。こうなると「いま、ここで…」主義はいっそう渇仰の対象になるし、一方「やるべきことを急がねば…」ということになり、股裂き状態がもっと深刻化する。私の「現存在」の変化という所以である。

こうなったとき、私はこれまでどうやって切り抜けてきたのか、考えてみた。

それは「旅」であった。遠く離れた旅先から自分を見直す。幸いこの12月、佐久の保健師から招かれている。私のルーツである佐久に戻ってみれば、当面の路が何か見えてくるだろう。

それだけではたぶん無理なので、4月からニューヨークで開かれるNPT（核兵器不拡散条約）の再検討会議へ出かけようと決めた。多くの国々から参加があり、日本でも被爆者をはじめ3桁の参加が予定されている。会議そのものも大事であるが、いま抱えている自分の焦りの整理と、新しい自分のエンジンを点火させるためである。

（2009年12月）

障害者の闘い——闘いが歴史を拓く

年が明けても民主党の腰のよろけは治まらない。税収を超える国債で帳尻を合わせた予算審議を前に財務大臣が辞任する、沖縄の嘉手納基地移転先は決まらない、加えて鳩山・小沢の政治資金問題とマスコミが大騒ぎしている。だが、どうやら騒いでいるのはマスコミだけらしい。長いこと記者クラブなどを通して政権党と密着し、独占的・密室的取材を行ってきた大マスコミは今までの慣行をご破算にされ、大慌てしている。これまでの政治部の現役の記者が、政治取材ができなくなっていると漏らしている。だから八つ当たり気味にことさら（自民党政権下では毎度お馴染みだったことを）大問題化しているように見える。

私が知っているだけでも、米空軍のグアム移転は何年も前に（沖縄県民の反対よりも・米軍自身の縮小計画で）決まっており、当面、沖縄にはヘリ部隊が残るだけになる。在日米軍は厚木と横須賀が中心になるのである。まともな軍事評論家ならペンタゴンの公式サイトから皆知っていることである。米軍が欲しいのは多分、グアムへの移転費用や「思いやり予算」（宿舎も含め）

であろう。それを、「辺野古を代替基地にしないと日米関係が亀裂する」「日本は世界の孤児になる」と危機感を煽っている。日米間が切れる（安保条約破棄）のを一番恐れているのは米国なのである。しかし、毎日マスコミが騒ぐと、我々もその気にならされてしまうから困る。マスコミの責任は大きい。

ところで今回は、「私的」政治解説をするつもりはない。ある記事の扱いから、わが国のマスコミの「おかしさ」の一端を知ってほしいのである。それは民主党政権が得点を挙げたニュースの扱いである。私が得点というのは、民主党が総選挙前、掲げた「コンクリートから人間へ」の政策転換での得点である。ハコモノから中身へ…の約束はたくさんあり、成果はハコモノのように直ぐに目に見えない。その中で後期高齢者保険制度と並んで焦眉の急とされた障害者「自立支援法」に焦点をあててみる。

「障害者自立支援法による1割の自己負担は憲法25条違反である」として、全国の障害者71名が集団訴訟を起こしていた。私も訴訟集団の支援を熱心にやってきた。1月7日、国と原告・弁護団は同法の廃止などを定めた基本文書を取り交わし原告団は訴訟を取り下げた。自立支援法廃止は民主党のマニフェストでもあったが、国としての初めての決定である。もちろん、不満は残る。廃止が2年以上先であること、それまで1割を払うわけであるが、その軽減・補助ための予算が削られそうなことなど…。しかし「応益負担」の不条理さはちゃんと認めさせているのである。この記事は朝日も読売も、どこも「雑記事」を載せる社会面の最後に載っている。一面トップ記事として報じたのは「しんぶん・赤旗」だけであった。

それだけではない。２００９年12月にも大きな決定があった。内閣は「自立支援法」廃止後の新たな障害者の総合福祉法制を見据えて、「障がい者制度改革推進本部」（本部長　鳩山由紀夫）を設置した。そこでは障害者基本法の抜本的見直し、障害者権利条約の批准など国の障害者対策理念の見直しと政策づくりが行われる。従来、この本部の下にあって実際面を取り仕切る「プロジェクト・メンバー」は各省庁の官僚だったのだが、今度は、半分は民間、（それもなるべく障害当事者が参加、長には障害者である弁護士がすでに任命されている。ここ数年、民主党の専門部と各障害者団体（個々の団体の政党支持はばらばらである）が粘り強く討論・研究を重ねてきた成果である。この記事は各紙とも社会面で25行・３段ほどの小記事であった。私には地殻が揺るぎだすような変化だと思ったのだが…。

これらのことには別の内部情報が要るだろう。

対立や歴史の違いを超えてゆるく団結し、その団結の切り崩しに耐えて闘ってきた各障害者団体は油断をしていない。長らく闘い、特にここ数年は、厚労省前にある日比谷公園の野外音楽堂を埋め尽くす闘いを毎年繰り返してきた。民主党と政策協議に入っても、民主党が政権をとっても、そして自ら変革チーム入りすることが決まっても国民的運動を止めてはいない。国民的な大きな運動が継続しないと、権力に取り込まれたり、原則を曲げられ、要求を値引きされてしまったり、ひどいときには送り込んだ人が変質させられることを知っているからである。特に、これまで理解ある議員を頼み、送り込んだ人材に裏切られてきている体験を持っているからであろう。「権力」は人を変えるのである。

結核予防法の闘い、朝日訴訟、水俣病公害の闘い、大気汚染の闘い、森永砒素ミルクの闘い、近くは薬害エイズの闘い、原爆症認定訴訟、肝炎患者の闘い…わが国の医療制度や福祉制度が改善・進歩したのは、闘い続けて国民的支持を得たときのみなのである。それは政権政党が変わっても変わらぬ原則であろう。

新年にふさわしくない論説のようなエッセイになってしまったが、今年の新年に限っては（55年体制が崩れたので）ふさわしいかもしれない。

（2010年1月）

小諸なる古城のほとり…

3月末、小諸に行ってきた。新人の頃、佐久病院にいたので、北佐久、南佐久とも往診に、遊びに駆け回った地である。青春の地であるばかりでなく、私の精神医療の原体験の地である。私のライフ・ワーク「地域で精神病を治療するネットワークづくり」発想の地である。佐久平を駆け巡りながら「入院医療の限界」「入院は病気を固定するだけで、逆に社会復帰能力を失わせている」という、現代なら当たり前になっていることを突きつけられたのであり、「地付き」の保健婦と組むことにより「入院させずに治すネットワーク」の雛形をつくったのである。当時、つけていた「佐久日記」（研究などのアイデア集）を最近開いてみたら、その後の人生でやったことはほとんど書いてあったのでびっくりしてしまった。

残念ながらこの「ネットワーク」づくりは、保健所法が廃止されて「地域保健法」となってから全国的に後退してしまった。地域保健法は保健所の統廃合案で、次々と保健所が閉鎖され、保健師は地区担当制から業務担当制へと移行し、人口10〜30万に精神担当保健師は1人という状況になった。とても訪問などできないので、どれだけやるかは各自治体に任されてしまっている。自治体の保健師次第なのである。精神障害者家族会などが強いところは精神の訪問をよくおこなっているが、多くのところで保健師は、老人・難病・福祉行政にコンバートされてしまっている。いまや自治体ごとの「精神科地域医療」のレベルは私の新人時代に逆戻りしている。精神科の患者はかつて、呉秀三が言った「この病を得たる不幸とこの邦に生まれたる不幸」のほかに「その自治体に住んでしまった不幸」を重ねているのである。自治体ごとに格差があり過ぎるのである。

この間、西欧では、軒並みベッドを減らし（多くの国で人口万対5床、わが国は28床）地域医療に移行した。イタリアを先頭に「精神病院」閉鎖が完了しようとしている。「地域ネットワーク」によって、入院ナシで治しているのである。昨秋、とんぼ返りで行った佐久保健所主宰の講演会に来ていた小諸市の保健師達が、これではならじ！と呼んでくれたのである。午前中は家族会との懇談、午後は市民公開講座と知らせてきた。

この時期の佐久は、藤村の詩にあるように「小諸なる古城のほとり……浅くのみ春は霞みて麦の色わずかに青し、旅人の群れはいくつか畠中の道を急ぎぬ……」（千曲川旅情の歌）の世界のはずなのである。まあ「旅人の群れ」が歩いてはいないが、そんな佐久平を思い描いていったのだが、軽井沢は霏々《ひひ》として舞う雪、雪が木々に凍りつき、おまけに鉄道も凍りつき、しなの鉄道はバスの振り替え輸送中、到底予定時間に着かないと判断して連絡したら、中軽井沢でバスを捨てて、タクシーで来い、という。かくして5分遅れで家族会との懇談会に間に合った。

20人ほどの家族が集まり活発な、かつ率直な悩みや愚痴が出て、面白かった（保健師の言）、こういう会をもっとやりたい（家族の言）となった。昼飯を食って直ぐに講演会、これは予め市報などで宣伝してあったが、この雪で何人集まるかと心配したが予定通り２００名近い人が集まった。不思議なのでどんな人が集まっているか挙手してもらったが（この手の会の聴き手は家族や関係者だけのことが多い）、まったくの一般市民が四分の一いたのに感激してしまった。ハナシはもっぱら、その四分の一の心に響き、引き続き精神障害者支援に加わり輪を広げてもらえるようなものに急遽切り替えていった。質問時間を多くとったので、その四分の一からの質問も出た。小諸市がこれをきっかけに元気になってくれるとうれしい。

会場に45年前の佐久病院勤務時代の込《ごめ》さんが来ていた。昔の仲間はみな退職してしまっているので小諸行きのことは誰にも連絡してなかった。込《ごめ》さんは小諸市民なので市報を見て知り、講演終了後の私の接待を保健師さんに交渉して待っていてくれた。酒を飲み過ぎて、ぎりぎりに出勤する私のために、朝、インスタント・ラーメンなど手早くつくってくれた精神科の事務員（当時）で、よろず私の佐久生活の指南役であった。市内を車で案内してくれたが一番行きたかった「小諸なる古城のほとり…」懐古園は雪のため断念した。学生時代も、佐久を離れてからも、何度も行った所である。あの「草笛」を吹いてくれるおじいさんはもういないだろう。その代わりに込《ごめ》さんは自宅に招待してくれた。そこでゆっくりと昔の仲間の消息を聞くことができた。

死んだ人、ボランティアをやっている人、先輩の神岡先生の様子、私を仕込んでくれた助手の小金沢静さん（死亡）、看護士のトッサー、直兄《なおにい》、陽兄《ようにい》のトリオが健在のことなどが聞けて小諸に来た甲斐があったと思った。それに食べたいと思っていた佐久の名物が次々出てくる。奥さんの手づくりである。今が旬な「鯉のあらい」「ふきのとうのから揚げ」「大根やサトイモの煮付け」「飴色に漬かった野沢菜」さらには、「蜂の子の煮つけ」、いずれも佐久の地でもう一度食べたいと思っていたものである。東京でも「蜂の子」は売っているが濃く煮付けられて風味がない。おいしい生酒を飲みながら、これらをみな食べてしまった。

ハナシがだんだん弾み、込《ごめ》さん夫婦の近況や家族のことに及ぶと、込《ごめ》さんのトーンが低くなってしまった。それでも搾り出すようにしゃべってくれた。自慢の倅が過労死していたのである。詳しく聞いてみると、それは典型的な過労死といえた。幸いにもやっと労災認定がとれて、嫁や孫が生きていく目処がついたところだという。気がついたらいつの間にか奥さんが台所から出てきて、隣に座って、涙をこぼしていた。

なんということだろう！　ここ20年ほど私たちは「過労死・過労自殺」症例を集め、対策づくり・労働基準法の手直し闘争をやってきていたのである。こんな身近にも被害者がいたのである。しかも夫婦はまだその痛みから立ち直れないでいるのである。連絡をくれればいつでも手助けできたのに！　いまは語れるだけ吐き出してもらうことが大切と最後まで話してもらった。

新幹線の駅まで込《ごめ》さんに送ってもらった。息子さんの話を聴かされることで、遊び気分は吹っ飛んだが、込《ごめ》さん夫妻との絆は前よりずっと深まった気がした。今度は「芽吹き」の頃か、夏、再訪を約して別れた。酒を飲んだのに、新幹線では眠気が飛んでしまっていた。精神科医をやっていようといまいと、生きていくということは「昨日またかくてありけり、今日もまたかくてありなむ…」だなあ…と思った。

東京は曇り、相変わらずの他人無視の混雑。雪の小諸は異次元空間…のような気がしてきた。

（2010年4月）

家にいると別な世界が見える

療養生活をいうものをはじめて体験している。

商売柄、「3か月の自宅休養を要す…」などという診断書を絶えず書いてきたが、自分が書かれたことははじめてである。書かれた人に安心と利益を保証したつもりになっていたが、とんでもない思い上がりだったな、と思っている。

これまで多少、体調が悪くとも、7日も休みがあれば、書き下ろしをしたり、論文をまとめ読みしたり、旅に出たりしてきた。昨年のゴールデン・ウィークは永平寺にこもっていた。それが今回は、1か月以上、「正しい療養生活」を自宅で送っているのである。私にすれば「革命的」な変化である。

朝食を摂り、薬を飲み、駅まで往復2㎞のウォーキング、帰って来るとTVをボーっと見ている。昼飯後はTVも疲れてしまい、午睡。夕食をとると、9時にはベッドに入ってしまう。リハビリのため少しずつ歩く距離を伸ばし、午睡を短くしなければならないのだが、とてもその気にならない。「活字中毒」の私が、新刊本には手が行かず、読むのは昔読んだ「面白本」ばかりである。この「だるさ」「無気力」は薬と食事のせいである。朝飲む薬で人工的に「低血圧」にさせられているからである。薬が効いてくると血圧が90／60くらいになってしまう。こうなるとちょっと体位変換しただけでふらつき、立っているのより、座っているほうが、それよりも横になっているのが一番楽である。万年低血圧症のカミさんの辛さがよくわかる。朝、目覚めたときは120／80くらいなので、気分はすっきりしている。日記などはそこで書く。そうしないと、文字が浮かばない。

もう一つは食事である。一日1400キロカロリー食塩6gである。少食には耐えられるが食塩制限はきびしい！　でもここが療養の生命線なので家人も手を抜かないし、私も食事づくりに参加する。食塩6g食というのは、まずい…というより、つくるのが難しい。最近の食品は食塩量が記載されているが、記載されていないものも多い。例えば食パン。塩や油が最初から入っている。無塩ものというと、パン焼き器で、わが家で焼くしかない。スーパーに買い物に行く。食べたいものを選ぶ前に、ひっくり返して塩分の表示をまず確かめる。必然的に塩味から酸味へ移行である。食欲がわくわけがない。あっという間に体重が6kg落ちてしまった。33歳で禁煙する前の体重である。

自他共に許す、能動型・ハイテンション人間の私を、かく無気力にしてしまう、薬・塩というものは、すごいものである。長年、私によって、大量の向精神薬を処方されてきた私の患者さんもさぞ辛かったことだろう。それを無気力と決め付け、リハビリのムチを打ってきた自分が恥ずかしくなる。

こうなると、「普天間」も「辺野古」も「民主党の支持率低下」も、「イチロー」の打率も、どうでも良くなってしまう。TVのチャンネル権は家人に渡してしまい、TVは「観ている」のではなく、「見ている」だけになってしまった。そのうち妙な感じになってきた。普段、働いていて観ることのできない時間帯の番組（ウィーク・デイの朝から夜まで）、つまり、働いていない主婦や高齢者をターゲットにした番組を軒並み見ていたことになる。そうしたら別の世界が見えてきたのである。

まず、ニュース。どこのチャンネルでもまったく同じ絵と解説を流している。局ごとの主張が少しも感じられない。独自の取材が少しもされていない。「旅・温泉・グルメ」をセットにした、いかにも安上がり、政策経費軽減番組のたれながし…。味見をして感嘆するセリフまで同じである。タモリ・サンマ・シンスケなどの超売れっ子のタレントが、売れない、売れ残ったタレントを虫干しのように出演させるバラエティ番組やクイズ番組が夜のゴールデン・タイムを占拠しているさまはどうだ！　TV時代を「一億総白痴」と喝破した大宅壮一を改めて思い出した。

それより気になるのは、すべてがお手軽！。内容もそうだが制作費が極めて安あがりだな、と

ワールド・カップに「未来」を見た

「つばさ通信」の原稿を書こうと思って、パソコンに向かった。ふと「去年の7月何をしていたのだろう」と考えたが、さっぱり思い出せない。

考えていたらワードの画面がスクリーン・セイバーに切り替わってしまった。

私のセイバーは息子がつくってくれた「旅のアルバム」である。いきなり孫の海水浴姿やハイビスカスの花が出てきた。そうだ、沖縄に行ったんだ…と思い出した。孫が大きくなってきたので家族旅行をするのは、これが最後と思って海外旅行を企てたが、金も気力も不足で沖縄に連れていったのである。手配はすべて子供任せ。娘は向こうに知人が多い。

私は孫たちに南部戦跡を見せておきたいと思ったが、肝腎の孫は、「ちゅら海」やシーサーづくりに頭が行っていた。車で「ひめゆりの塔」までは行ったが、あとは高速に乗ってしまったので「米軍基地」の様子を見せることができなかった。観光パンフレットどおりの風景や海遊びはでき、シーサー手づくりも体験できたので、まあ、いいか!という旅だった。

あれから1年経ってしまっていたのである。試みに、日記をペラペラめくってみると、この1年、実に様々なことが起こり、起こし、体験している。あっという間であった…というより、日記をめくらない限り、何も思い出さないということに愕然とする。

そして日記は大切なものであるが、私が死んだら、意味のないものになるのだなーと思った。中学生時代から、現在まで、数年のブランクはあるが、ずっと日記をつけている。遺言状にも「保存のこと」と書いたが、「焼却せよ」と書き改めようと思った。

最近の出来事は、どのくらい覚えているかというと、病気をしたので、それに関係することはしっかり思い出すことができる。逆に言えば病気に関係しないこと、日常のことは何一つ思い出せない。日記をめくっても書いてない。体調のことばかりである。

家にいる時間が長くなったので、ご近所に詳しくなった。

朝、キュウリやトマトなどを直販する農家があること、どこにどんな花が咲いているか…などである。夏の花はみなたくましいがこのところ「タチアオイ」が気に入っている。天を突くように高く屹立し、次々と大輪を咲かせる様はずっと見ていても飽きない。

革命的な出来事はネコが寄って来るようになったことである。毎朝、一番に餌をやり、外に出してやるからであろう。これまで私を避けていたネコが擦り寄って来るようになったのである。うっとうしいが、カミさんや娘はこれがうれしくて仕方がないらしい。親ネコ派が増えたと勘違いしているのである。

やっていることは、娘の運転教習の手伝い。ペーパー・ドライバー教室に通っているのだが、怖くてまだ運転できないのである。隣に乗って「右折・左折・車庫入れ」などを特訓している。娘は免許をオーストラリアでとった。聞いてみると広いまっすぐな道路を数回走行しただけという。「カンガルーをはねなければ合格?」なのだという。それでは日本の道路は走れない。教室に通っても指導員は、日本の教習所でとったと思っているから、S字カーブ、クランクはもとより、幅寄せも一通りやったと勘違いして、すぐに路上走行から始めるらしい。その説明をするのが大変という。指導員もいまは女性が多く、かつての怒鳴りまくる男の指導員はいない。みな優しいという。「お父さんが一番怖い…」といわれている。それでもやる気になっているのは、今回の私の病気だという。いざというとき運転できなければ…と思ったというが、半分は動物病院へ行くのにタクシーを使ったり、私に頼み込まなくても済むように…らしい。

さて、今年の7月の一番の話題は、選挙ではなく、ワールド・カップである。私もひどく感心してしまった。サッカーというスポーツの奥深さを知ったこともあるが、それ以上に日本人の熱狂振りに、である。もっともマスコミが煽り過ぎたともいえるが…。典型的には渋谷の交差点や道頓堀の若者たちの行動に驚くと同時に安堵もした。若者だけでなく日本人は、路行く人にも、電車の中でも、ご近所にも関わりを持とうとしない。関わりを持たないことが暮らしていく知恵になっている。だが、そのことは厳しい孤立感と背中合わせになっている。思い切り自分をさらけ出し交流する場を常に求めている。だが、その場はない！。祭りでさえ、多くのひとは見物側である。辛うじて、ライブや野球の応援団、サッカーのサポーターが、その「場」であった。

今回は「場」を飛び出して街中にあふれ出してしまっていた。交差点をわたりながら、見知らぬもの同士、だれかれとなく、ハイタッチしあう姿をみて、日本人は冷血動物にはなっていない！魂を揺り動かすような出来事があれば、連帯し行動する、源泉は枯れてはいない！と思ったのである。

揺り動かすのは大変だが、可能性まで失っていないのだと…。相変わらずひねくれた見方だが、7月で一番ほっとしたことである。

（2010年7月）

昭和八十五年八月十五日

毎年8月は戦争や原爆にちなんだ特別報道や映画や企画が行われるが、今年は例年になく力作が多かった。それは日韓併合100年、敗戦後65年という節目の年であったからであろう。それ以上に、過去の「負の遺産」を継承するための最後の年月に入っているという自覚の顕れであろう。NHK・TVは、吉永小百合さんが長年続けてきた被爆者の詩の朗読会活動を取り上げた。被団協に毎年、多額の寄付をされているこの人は、目立たないが知る人ぞ知るピース・ファイターである。広島の原爆資料館の解説の声もこの人である。昭和二十年八月生まれ、65歳なのに、若々しく、サユリストの期待を裏切らないものであった。広島局製作のこのNHKスペシャルを観終わってTVを切ってしまった人がいたとすれば、残念なことをしたと思う。次の時間帯に「原爆被害調査」の特集をやったからである。

それは米国国立公文書館から発見された驚くべき資料についての報道特集であったからである。驚くべき！と私が思うのは、原爆投下直後のことは、多くの医師が死亡したこと、日本軍部中枢の疲弊から、組織だった被害調査はされなかったし、資料も残っていないといわれてきたからである。ところが軍部はすばやく大規模な医学調査団を送り込んでいたのである。

調査団のトップは東京帝大の都築正男氏であった。調査は綿密で放射能が人体に与えた影響、特に子供や中学生に与えた影響について、一人ひとりの記録と同時に、死んだ場所の見取り図、爆心からの距離など、ノートにして160冊余に及んでいる。そんなデータが喉から手が出るほど欲しかった米軍はもちろん、終戦と同時に大規模な調査団を送り込んできた。

日本の調査団は、なんと自分たちがつくった被爆直後からの貴重な資料を進んで米国調査団に差し出し、米軍調査団はそれをすべて英訳して提出するよう求め、以後日本調査団を米軍調査団に組み入れてしまったのである。その貴重な資料は米軍のものとなり、アメリカの立場を守るため長い間公開されることなく現在に到ってしまったのである。なぜ、貴重な資料を進んで提供してしまったのか？　調査に参加した学者の生き残りの証言によれば「心証を良くしておいたほうがいいのではないか…との判断が働いた」という。何のための心証か？　それは「731の関係と思われる…」という。731とは、石井隊長以下、旧帝大医学部の精鋭を集めて生物学的兵器の研究開発を行った部隊のことである。

旧満州にあり、中国人を捕らえてきては人体実験や生体解剖を行っていたが、敗戦と同時に建物をはじめその存在の証拠隠滅を図り、部隊を解散し、誰一人として戦犯に問われなかったばかりか戦後は各大学の医学部教授として一生を全うしている人が多い。唯一の例外、事実を告白したのは、秋元寿恵夫氏（後、病態生理研究所所長・秋元波留夫氏の弟）のみである。なぜそんなことができたのか？　なぜ東京裁判をすり抜けられたのか？　満州で集めた膨大な実験データや資料をそっくり米軍に手渡すことにより特例保護を求める取引が成立した…というのが定説である。

それでも多くの学者たちは不安であったのであろう。同じ医学者仲間を救うために、この原爆被害調査も提供された…といっているのである。日本語を使って、このエリート医学者たちの卑劣ぶりをなんと表現していいか分からぬほど怒りをおぼえた。英語で書かれた資料の中にはこんな例もあったのである。それは被爆調査を手伝った徳山医専（現・山口医大）の学生が自分の身に起きた身体不調を綴った日記である。この学生は8月6日広島にいなかった。投下された後、調査のため広島に行ったのである。今でいう、入市被爆である。日記には、広島に入って後、発熱・下痢・紫斑・脱毛などの被曝急性症状が起こってきたことが書かれている。これも都築教授の熱心な勧めもあって資料として提出したという。

ご存知のごとく、アメリカも日本政府も、二次被爆（電離放射線被害）や内部被爆を認めていない。被害の判定は炸裂時に起きた一次放射能量で判定してきている。そこで問題となるのは爆心からの距離だけである。それが誤りであることは、すでに学問的に解明されている。投下後、夫や親戚を訪ねて広島市内に入った人が、直接被爆した夫より先に、この学生のような症状を呈してコロっと死んでいった例もよく知られている。それなのに、被爆者にどんな病気や症状が起こっても、日本政府は炸裂時受けた一次放射能だけで判断し、被爆者の訴えを退けてきたのである。

そのため被爆者は自分の症状が原爆によるものであると認めよ！という訴訟を起していたのである。それは二次被爆・内部被爆を認めよ！という訴えでもあった。20年にも及ぶ長い訴訟が昨今、勝利しつつあるのは、内部被爆を隠せなくなってきたからである。日本政府もアメリカも内部被爆の残酷さを知っていたのである。隠しておいたほうが米兵を任務につかせるのに有利と判断していたのである。そしてこの学生の日記を公開せざるを得ない期日が来ていることもわかっていたのであろう。もし、この学生の日記がアメリカの手に渡っていなければ！と考えると、一層腹が立ってくる。

昭和85年（平成22年）8月15日、通常の最終列車が出発した東京駅に、蒸気機関車に引かれた列車が到着する。乗っていたのは昭和20年夏、南海の海に命を散らした英霊である。英霊たちは夜明けまでの短い時間、それぞれの思い出の地に出かけてゆく。八月十四日放映の「歸国《きこく》」（TBS系ドラマ、午後9時〜）の冒頭のシーンである。脚本・倉本聰、ビートたけしや小栗旬など豪華メンバーが出演している。英霊たちは、戦後のこの国のあり方に怒り、今のような空しい日本をつくるためにあの戦いで死んだつもりはない！と叫ぶ。そのとおりだなーと思った。

8月15日の朝日新聞社説（65回の終戦記念日）も冒頭に「歸国」の英霊たちの嘆きをあげている。そして社説は、日本は終戦でキッパリと区切られたようにいわれているがそうではない。日本を駆動する仕組みは戦前と同じである。軍と官僚が仕切る総動員体制で戦争が遂行されたのと同じやりかたで、戦後も、社会は国民以外のものによって仕切られていると断じている。国民以外のものとは？　55年体制と官僚組織だという。国民が「民主主義は自分が守らなくは！　国は守ってくれない」と行動した一瞬は60年安保闘争だけであったという。

ここまでこの社説を読んできたら、身勝手さに腹が立ってきてしまった。戦前、戦争遂行の総動員体制をつくったのは、軍部・官僚だけでなく、嘘と知りながら「大本営発表」を報道し戦争を煽り続けた朝日を中心とするマスコミではないか！　戦後も為政者・与党の批判者を装いながら、本質的には時流におもねり、流されてきたのも朝日新聞ではないか！　安保闘争が激化するや、それまでのデモ隊擁護から、一転して「七社協定」と証する「運動鎮静化」を呼びかけたのも朝日ではないか！　純真な学生だった私などは、朝日だけは裏切らないと思っていたのである。

敗戦の日、私は怒りまくってばかりであった。しかし、日本が戦争をしたことさえ知らない若者が増えているのは事実である。どうしたら戦争のこと、日本の現代史に興味を持ってもらえるか、真剣に考えている。孫が中学一年生になった。なんと陸上部に入って中距離をやりだしている。かなり前から孫たちに、漫画じゃなくて活字の本ならすべてジジ払い！と約束したので、かなり活字を読みこなせる。この年代に日本の行った戦争に興味を持ってもらえそうな本を探してみた。

一押しは『永遠の０（ゼロ）』（百田尚樹　講談社文庫）である。海軍航空兵で終戦直前に特攻死した祖父の人となりを求めて、生き残った戦友たちを訪ねる大学生（留年つづきのニート同様な青年）の物語である。

ポケモンを卒業したばかりの孫には少し荷が重いかも知れないが、同じ年齢で私は『大地』（パール・バック）を読了していたので何とかなるだろう…と思っている。もちろん、太平洋戦争をよく知らない大人たちにとっても一押しの本である。

（２０１０年８月）

精神科の診察室…は誰のもの？

私の診察室は、見れば見るほど殺風景である。

精神分析はやらないのでカウチ（ソファー）やベッドもない。患者さんから見てL字型の広い机をはさんで、ゆったり座れる椅子が二つ（患者さん用と自分用）あるだけである。それでも内科などの診察室に比べると遥かに広い。机を広くしてあるのはパソコンに備えてである（電子カルテ化）。いまはその前段階のパックス（検査所見や画像を呼び出せる端末）が置いてあるので、カルテを広げるとかなり手狭である。私にはインテリアの才能がないので、装飾はほとんど患者さんの持ち込み品で間に合わせている。

一番目に付くのは壁に掛けられた大きな布である。東南アジア各地の手染めの布が大好きの患者さんがいてお土産に買って来てくれる。カミさんが同じ趣味を持っているので海外に出かけると私もお土産によく買ってきた。それで引出しの中にはいつも6～7枚の布があり、季節や気分に合わせて掛けかえている。

絵の好きな患者さんは多い。いまは2枚掛かっている。私の目の前にあるのは、いまは80歳の女性の水彩である。遅く始めた手習いにしては上手である。一番いいコーナーに自分の絵が、飾ってあることを楽しみに通ってくる人なのである。だから3か月ごとに新しい絵を持ってくる。このコーナーは、かつては独特な画才を持つ知的障害者の専用コーナーだった。この青年の絵は、いまや私の診察室から飛び出し、障害者団体が売り出すカレンダーに使われている。

患者さんの目線からは外れるが、部屋の特等席に掛けられているのは、統合失調症の女性の描いた油彩である。この女性の描くものは、ほとんど抽象画であるがその色使いの感覚には天才的なものがある。せっせと描いたら商売になるはずである。ところが、なかなか描かない。数年前、これまで描きためた10点ほどで、待合室を使った個展もどきを開いた。値段も彼女につけさせて販売もOKした。作品ごとに出来・不出来の差が激しいのだが、彼女は3万円から15万円の値をつけた。ところが私が「これはいい!」と思っていた一番高値の絵から、結構売れていくのである。私の狙いは、やはり芸術的才能に恵まれている両親にひけをとらない彼女の才能に自信をつけさせることで、病を良くしていくことにある。いまも少しずつ描いているので、もう一枚できあがったら、もう一度個展を開く約束になっている。偉そうなことを言っているが、絵については、私はまったくダメである。やはり文章の方が得意である。

診察机には、患者さんが書いた本がずらっと並んでいる。本となると出来・不出来、才能もすぐにわかる。しかし、多くの本は、売るためではなく、自分の生きてきた証として書いたり、病状が書かせたりしたものがほとんどであるので、才能や売れる・売れないはどうでもいいことである。その「人」が書いたことに意味があるのである。いくつか紹介しよう。

『住民運動物語』（中野区大和町のふるさとづくり）…これは自分の住む町の歴史である。著者が戦後そこへ住み着いてから必死に取り組んだ街づくり運動の歴史を丹念に綴ったもので、感動的であるし、資料的価値も高い。

『緋のうつろい』…文才に優れた青年が書いた短編集である。読んでいるとキラリ！とした才能を感じる。もう一息でプロになれそうな人である。本人もそれを半ば自覚しているので、地道に働くことに徹しきれず、統合失調症からも脱しきれないでいる。

『戦後高度成長期の労働調査』…病と闘いながら大学教授を定年退職した経済学者がまとめた分厚い調査論文である。この人の「存在証明」そのもので、完成したとき見せた安堵感が忘れられない。

『曲がった指―トイレ清掃の詩』…生粋の労働者の書いた詩集である。若くして統合失調症になり、その後回復した著者は、詩だけでなく「歌声運動」のリーダーでもある。表題となった「曲がった指」は何度読んでも感動する。

『人はなぜ生きるのか答えよ』…人間にとって根本的であるが、そのうち考えることを止めてしまう、この命題をとことん突き詰めて「答え」を得た！と確信した著者は、賛同を得たくて本にし、私のところに持って来た。きわめて難解であるが、その真剣さが伝わってくる…そしてこの極度な思弁性、抽象性は病（統合失調症）由来でもある。

『初恋の中国』…教師定年退職後、乞われて日本語教師として中国に渡った女性の書いた滞在記である。初恋はなかろう、といったら、今までの人生で経験できなかった人と人のつながり、温もりを得られたからだという。中国に渡って以来病気（躁うつ病）は安定してしまっている。

このほかに、家人の書いた本や、自分で読んで感激した本を、読んで欲しいと置いていく人も多い。本だけでなくＤＶＤや写真、展覧会の案内状を置いていく人もいる。レゴ・マニアの青年は自分で組み立てたヨーダを２体、一番目立つところに置いている。

私は、気楽に置かせたり、飾ったりしているのだが、患者さんにとっては、それぞれ、意味があるのであろう。患者さんは、病院にやって来て、金を置いて（支払って）帰るだけでは安心できないだろうことはわかる。長く通っていると、コトバを通しての心情的なつながりだけでなく、たとえは悪いが犬のマーキングのように、自分の匂いを診察室に残したいのであろう。それがわかるから、私は、私の好みと感覚で診察室を統一することはしない。逆にそれをうまく使って治療を進めようとするし、患者さんが参加する診察室づくりは大歓迎なのである。診察室は医者の城ではなく、診察室もまた患者のものであるからである。

（２０１０年11月）

白衣について考える

医者や看護師と白衣…このくらいカラーイメージが確立しているものは他にないだろう。「白衣」、「清潔」と連想されそうだがもともとは、処置や介護時、汚染・感染から自分を守る予防着という実用性からきているらしい。着る者にとって白衣は「誇り」や「自分の弱さ隠し」であるが、患者さんにとっては「信頼」や「権威」の象徴である。ひねくれものの多い精神科では「どうだっていい」とする人が多い。威圧感を与えないため、と称して普段着の人も多いし、時に白衣を着る人はもっと多い。問題は「普段着」である。普段着イコール通勤服なのであるが、あまりに華美に渡るものやラフ過ぎたり汚れが目立つものはまずいであろう。

私は昔から白衣派であった。理由は単純でボロ隠しになるからである。下に何を着ていても白衣を着ると恰好がつくのが便利だった。したがって清潔とは程遠く、白衣ならぬ「灰衣」であったり、カギ裂きはホッチキスで止めてあったりした。白衣であったけれど汚れすぎていたのである。代々木病院に赴任してきたとき、代々天皇侍医の家に生まれた稲田院長から呼ばれ「患者さんはお客様ですから…」とやんわり注意を受けた。以来、「灰衣」を脱ぎ捨てて私服にした。いまも自分が持っている洋服でもいいものを着用し、ポケット・チーフやネクタイとの取り合わせに結構気を配っている。本当は面倒くさくてしょうがないのである。

一口に「衣食住」というが、食・住にもまして自分の歴史の中で「衣」の変化は、激しい。子ども時代は世の中、皆貧しく着るものもなく、「お下がり」か、古着。正月に新調してもらった服装は次の正月まで着るのが普通だった。「着たっきり雀」だったのである。日々服装を変える時代など想像することもできなかった。

幸い、詰襟の学生服ならどんな席でも通用した。大人も同じであった。「よそ行き」の一張羅、一着で「一見、葬礼、火事見舞い」のすべてをまかなったのである。いまはどうだろう。着ることのない服やセーター、シャッツなどが箪笥や衣装棚だけではなく、いろいろな空間を埋め尽くしている。それでも季節ごとに買い足している。「よそ行き」「通勤服」「普段着」の3区分しかない私でさえ「衣装大尽」になってしまっているのである。

女性の場合はもっとひどい。男性服より、女性服のほうが割安であるし多彩であるので、服装のたまり方は尋常ではない。それでも男性以上に買い足してゆく。着なくなったものをどうするのだろ…と思う。殊に和服である。この最も高価な服装と関連した品々は年に一度も着られることなく箪笥に死蔵されている。「大きなお世話でしょ!」と言われそうなので、このくらいで止めるが、何が言いたいのかというと白衣などにこだわらないで私服で勤務できないかな…と思ったからである。ユニホームは確かに集団に規律を与え、自分に緊張と矜持を生む。手術室などでは従事する業務上「作業服」としてのユニホームが必要である。だが長く入院している患者さんや外来の患者さんにとって、看護師さんが毎日違った服装で現われたら、どんなにいいだろう…と考えたからである。

自分の好きなファッションで勤務している病院はすでにある。「仕事のしやすさ」をいう縛りがあるのでブランドものや華やか過ぎるものが出現するはずはない。その病院の看護師たちの装いは「白衣姿」よりずっと地味に見える。だが急性期病棟なのに、なんとなく雰囲気がやわらかい。落ちつきがあるのである。困るのは、短期入院だと「何者か」わからないことである。普通の感覚でいると、看護師さんが助手さんに見える。私の主治医である小柄な女性は薄いピンクのジャージー様の上下なので後ろ姿からは識別できない。

北朝鮮からの砲撃以来、毎日ＴＶで迷彩服やロボットの如き行進を見せられているとユニホームに対する嫌悪感がつのってくる。軍服でなくたって同じである。道行く人がすべてアルマーニやカルダンを着ていたらそれは異様な風景である。そんなことはないよ・・と思うかもしれないが、戦時中は、国民全員が国防色の服を着、モンペだった。今も告別式や葬式は黒一色である。それは異様で不気味な風景なのだが参加している人は、当然として、異様さに気がついていない。そのことの方がもっと異様である。私は、自分のときは、是非、個性あふれる普段着で焼香してほしいと思っている。人に比べると植物は正直である。この夏の酷暑のためか、神宮外苑の銀杏は例年にも増して勝手に色づいている。樹によって色づきの時期にズレがあるのだが、今年は早くも散ってしまった樹の隣に、まだ青々している樹、いまを盛りの樹があるという具合である。

(見る)人間様から見ると、不ぞろいで困った紅葉風景なのであるが、銀杏にしてみれば、それこそ「おおきなお世話!」なのであろう。

(2010年11月)

「あきなしや…」——終わりにかえて

季節遅れの台風である。8階病棟の窓を激しく雨が叩き、ヒューヒューと風がうなりをあげている。予定していた治療がうまくいき、ほっとしてTVをつけたら全部台風情報であった。また各地に被害が出ることだろう。今年はいったいどうなっているのだろう。

「寒さ暑さも彼岸まで」はその通りであった。だがその暑さは、尋常ではなかった。真夏日・熱帯夜続きだった。それから1か月経たないのに、今度は寒さに震えている。西高東低の冬型の気圧配置となり、北国では始まったばかりの紅葉に雪がつもった。部屋や車のエヤコンも暖房に切り替えただけでは間に合わず、私はストーブを引っ張り出している。

「秋無し…」なのである。「くちなしや、鼻から下はすぐに顎」と詠った落語の中の熊さん・八つぁん流に言えば、「あきなしや、夏の次ぎはすぐに冬」ということになる。

稔りの秋が短いというか、ないというのは季節だけでなく政治の世界でも同じである。アメリカでは、オバマの支持率が急降下である。チェンジ！と叫び颯爽と登場した初の黒人大統領への期待は大きかった。公約も素晴らしかった。イラク・アフガニスタンからの撤兵、国民皆医保険制度、景気回復…そして就任後、プラハでの「核廃絶」の訴えは世界を感動させた。ヒロシマ・ナガサキでは被爆者たちがオバマを招こうと真剣に行動し始めた。ノーベル平和賞を受賞する前である。

実際はどうだったのか?『ルポ　貧困大国アメリカⅡ』(堤未果　岩波新書)はオバマ就任後1年間のチェンジを追っている。結論から言えば何もチェンジしていない…である。歴代大統領となんら変わることがないのである。自分の選挙資金を出してくれた業界順に、公約が、業界に都合がいいように修正されて実現していくからである。

例えば、アメリカには公的医療保険は「メディケア」(高齢者・退職者)と「メディケイド」(貧困者・障害者)しかない。普通の人は民間の医療保険に入っている。ところが年収2~4万ドルの層では47%、4~6万ドルの層でも18%の人が無保険で、その率は年々増大している。つまり、65歳未満で、メディケイドの受給資格を持たない層(職を持ちある程度収入のある中流の下層：約4700万人)は保険料が払えず無保険なのである。それを「国による単一支払い皆保険制度にする」というオバマの公約だった。アメリカの医療費はGDPの七分の一である。この巨額の金を支配しているのは病院ではない。医療保険業界である。そこが病院経営や技術的なことにまでクレームをつけてくる。反抗すると支払いを拒否するので言いなりである。

アメリカの医療費はべらぼうに高く請求額も一定ではない。弱者・貧者切り捨てが当たり前なのである。富豪と貧者で「命や医療」の差別があって当然、と考えられている。共和党から見ると日本のように国民皆医保険であり、生活保護患者でも標準的医療が受けられる社会は、「社会主義」であり、容認できない。クリントン（民主党）もまた公約に掲げたが抵抗が強く手がつけられなかったのである。

オバマは就任後、この問題を討論するサミットを開いた。すべての層・市民が集められたが、単一支払い皆保険を推進する医師・市民の団体はオミットしたのである。一方、医療保険業界はTVを中心に「皆保険がいかに不利か」についてのキャンペーンを流した。曰く「まじめに働かない貧民を一般市民が何故救済しなければならないのか⁉」「貧民に開放すれば、医者が忙しくなり過ぎて医療の質が落ちる！」。出された方針は公的保険と民間保険の並立案であった。そして法案として２００９年に、上院に提出されたものからは「公的保険制」は削除されていたのである。オバマの公約は形だけだったのである。イラン・アフガンからの撤兵も遅れている。そのうち実行されるだろうが中身は変わらない。ここでも民営化である。今でもそうだが、民間派遣業者に雇われた兵士が国軍に代わるだけである。「核廃絶」はどうか？　ノーベル賞受賞後まもなく、核実験をおこなった。被爆者はその瞬間からオバマに背を向けたのである。「（稔りの）秋が来ないうちに冬」というのはこのことである。

オバマだけではない。昨年夏、政権交代して以来の民主党、菅政権もまた「夏の次はすぐに冬」である。マニフェストはどこへいったのか！　政治主導は単なるスローガンだったのか！　沖縄をはじめとする基地問題は従来どおり。政治主導どころか、事を決めるのも官僚頼り、外交はふらつき、景気対策はなし、支持率急降下はオバマ以上である。「オバマも菅もまだ就任したばかり…」とか、「リーマンショックや円高不況にぶつかり不運…」という同情論もある。しかし、そんなことは就く前からわかっていたことではないか！。国のトップに立った者は同情を期待すべきではあるまい。堤さんの書物には、アメリカ社会の、もっと厳しいが、とてもうれしい動きが紹介されている。

「政治に参加する」ということは投票に参加することだけではない。それは始まりに過ぎない。これまで「いい人」を選んでその人に任せてきた。それでは間違いなのだ。チェンジと叫んだ人を選んでも何の変化は起きない。チェンジを起こさせなければ意味がない。「Move Obama」（オバマを動かせ）である。いま、約束どおりオバマを働かせろ！という運動が、オバマの選挙を支持し、ボランティアとして最前線で闘った若者や学生の中で急速に広がっているという。

もちろん、マスコミは、ニュースとして取り上げない。マスコミもまたオバマに取り付いてうまい汁を吸う業界だからである。インターネットや携帯で広がっているのである。

同じことは、まったくそのままわが国にもいえる。政権交代を起こしてもマニフェストを実行させなければ何も変わらない。自分がやらなくとも誰かがやってくれるのではない、実行させるのは選んだ自分たち一人ひとりである。「選んだだけでは(政治に)参加したことにはならない」、民主党に一票を投じた人は、いま皆、そう考えているはずである。この繰り返し、実行を迫る試行錯誤こそが、真の民主主義を育てるのである。

入院中、激しい嵐ゆえに、こんな激しいことを考えていたわけではない。今回は、安全な治療だし、短く予定された入院なので、例によって「退院後」のあれこれを考えていた。飽きるとデイルームへ行き、コーヒーを飲みながら、昔、子どもたちと夢中になっていた『ドカベン』(プロ野球篇)をニヤニヤしながら読んでいた。さすがにこの歳で漫画にのめり込む姿はみっともないと思ったが面白いのだからしかたがない。こっちは「飽きなしや…」である。

＊　＊　＊

「HUMAN LIFE INFO NET 翼」(佐橋紀子・主宰)の機関紙『つばさ通信』に「思い切って言っちゃうけれど…」という思わせぶりなタイトルのついたコラム欄をもらっている。その時々の自分の愚痴や本音、怒りなどをぶちまけるのにちょうど良いところとなっている。そこに自分の思いを吐露することで、自分の感情をおさめ、自分を整理してきている。私にはなくてはならない自分のための精神療法の場を提供してもらっているのである。だから、ある読者層を想定したり、それにむかって工夫を凝らしたりしたものは書いていない。ほとんど自分の、しかもかなりみっともない極私的な想いとか、愚痴ばかりである。改めて読んでみると日記よりもはるかに、本音が吐露されている。主宰者にはご迷惑なことと思うが、黙って毎号載せてくださっている。本書の初出は、ほとんどこの『つばさ通信』である。基本的に時系列に沿って並べてある。第Ⅲ章は、２００９年秋から２０１０年秋にかけて『東京民医連共済』に連載したエッセイの抜粋である。

外村節子さんには、前回と同じく挿画や題字をお願いした。谷安正社長には今回の出版を機に、私の「終わり支度」の片棒を担いでもらった。パソコンの中の文章やまだ本になっていない講演記録や生原稿などの整理・保管を依頼したのである。

出版業界はいま未曾有の不況、その上、電子書籍の配信化（携帯やパソコンで読める本）が押し寄せている。私としては、かすかにインクの匂いのする紙をめくって活字を読む文化を失いたくないと思っているが、その私からしてもう何年も原稿用紙で文を書いていない。

便利さ、効率の良さ、速さ…は、見かけの利益の2倍以上の（人間らしさの）損失を伴うという原則はここでも生きている。

中澤正夫

【著者紹介】
中澤　正夫（なかざわ　まさお）

1937年、群馬県に生まれる。群馬大学医学部の時代から、地域精神医療、開放病棟治療にとりくみ、現在も代々木病院の精神科医として活躍。講演活動やエッセイなどの執筆にも旺盛で、70歳を超えても、なおその活力は衰えない。最近、『あなたが家族を愛せるのなら』を25年ぶりに新装本として情報センター出版局より再刊したのをはじめ、『ヒバクシャの心の傷を追って』（岩波書店）、『治せる精神科医との出会い方』（朝日新聞）、『子どもの凶悪さのこころ分析』（講談社）、『なにぶん老人は初めてなもので』（柏書房）、『凹の時代』『創る力はどこから』『「…」でないと歳をとった意味がない』（萌文社）など、様々なテーマの著書がある。

〈HUMANN LIFE INFO NET“翼”〉『つばさ通信』
〒452-0807 名古屋市西区歌里町154 ういる歌里403号 佐橋紀子方　TEL&FAX052-501-0994

七十路の修羅（ななそじのしゅら）

2011年 2月17日　初版第1刷

著　者　中澤　正夫

発行者　谷　安正

発行所　萌文社（ほうぶんしゃ）
〒102-0071　東京都千代田区富士見1-2-32-202
TEL 03-3221-9008　FAX 03-3221-1038
郵便振替　00190-9-90471
Email hobunsya@mdn.ne.jp　URL http://www.hobunsya.com

印刷・製本／モリモト印刷　イラスト・書／外村節子

 ISBN978-4-89491-208-3 C0095